Unter Netherfields Mistelzweig

Eine kurze Variation von „Stolz und Vorurteil"

Abigail Reynolds, übersetzt von Nicola Geiger

White Soup Press

Copyright

ing von künstlicher Intelligenz (KI oder AI) oder andere maschinell oder informationstechnologisch gesteuerten Sprachlernmodelle selbst hält und nicht abgibt.

Übersetzung: Nicola Geiger

Herausgegeben in den USA von White Soup Press (w ww.whitesouppress.com)

Contents

1. Kapitel 1   1

2. Kapitel 2   13

3. Kapitel 3   25

4. Kapitel 4   38

5. Kapitel 5   47

6. Kapitel 6   59

7. Kapitel 7   75

8. Kapitel 8   80

9. Kapitel 9   87

10. Epilog   104

Danksagungen   110

Weitere Werke von Abigail Reynolds   112

Kapitel 1

E LIZABETH STREIFTE DURCH DIE Obstwiese. Wo war nur dieser Apfelbaum? Als Netherfields Gärtner ihn ihr damals gezeigt hatte, waren gerade erst die ersten Blätter von den Bäumen gefallen und an den Zweigen baumelten auch noch ein paar letzte Früchte. Jetzt erblickte sie nichts als leeres Geäst und alles sah anders aus.

Eigentlich sollte das ihr Ziel doch noch stärker herausstechen lassen. Ihr Schnauben verwandelte sich in der kalten Luft in einen dampfenden Lufthauch. Irgendwo hier musste er sein. Heute früh hatte sie schmerzlich gelernt, dass ihr Urteilsvermögen sie durchaus trügen konnte und ihre Eitelkeit zu sehr überhandgenommen hatte, aber sicherlich sollte sie doch noch in der Lage sein, einen einfachen Baum zu finden!

Etwas Grünes hoch oben im Geäst erregte ihre Aufmerksamkeit. Ja, genau das, wonach sie suchte! Ein Knäuel aus Blättern und weißen Beeren saß in einer

Gabelung, direkt dort, wo der Ast vom Stamm abzweigte. Zum ersten Mal, seit sie die niederschmetternde, beschämende Nachricht gehört hatte, schlich sich ein Lächeln auf ihr Gesicht. Alle mochten hinter vorgehaltener Hand über sie lachen, aber zumindest würde das wertvolle Grün dieses Jahr Longbourns Haus zieren.

Manchmal waren es die kleinen Erfolge, die zählten.

Sie watete durch das lange Gras am Fuße des Baumes und sah sich um. Niemand in Sichtweite – dem Himmel sein Dank! Sie würde den Baum hinaufklettern und ihren Schatz für sich beanspruchen können – nur, dass der unterste, knorrige Ast gerade so außerhalb ihrer Reichweite saß. Natürlich hatte sie mal wieder kein Glück! Mit der Faust schlug sie gegen die raue, gräuliche Barke.

Aber halt – hatte sie nicht eben noch neben dem Tor eine Leiter gesehen? Rasch eilte sie zurück zur Steinmauer. Ja, da war sie, und schon so alt, dass sie zweifellos absichtlich von dem letzten Apfelpflücker, zurückgelassen worden war. Nur fünf Sprossen hoch und ihre beste Zeit hatte sie auch eindeutig schon hinter sich, aber um in die Äste zu steigen, würde sie es schon noch tun.

Da die Leiter seitlich von Moos überwachsen war, zog sich Elizabeth ihre feinen Ziegenlederhandschuhe von den Fingern, ehe sie versuchte, sie anzuheben. Schließlich wollte sie den ohnehin schon elenden Tag nicht noch schlimmer machen, indem sie sich ihre liebsten Handschuhe ruinierte! Die Leiter war schwerer als erwartet, doch irgendwie brachte sie es fertig, sie zu dem Baum zu schleifen. Schwer atmend lehnte sie sie gegen den Stamm.

Wo sie auch direkt wieder umkippte.

Mist! Sie hievte das Ding wieder hoch, doch noch bevor sie es wieder vernünftig aufgestellt hatte, begann die Leiter, sich erneut zur Seite zu neigen. Elizabeth lehnte sich hinunter, um ihre Standbeine zu untersuchen. Kein Wunder – eines der beiden war unten abgebrochen. Eine gute Handbreit fehlte. Das erklärte auch, weshalb sie zurückgelassen worden war.

Von alleine würde sie niemals richtig stehen. Vielleicht könnte sie ein kleines Loch graben, um den längeren Holmen darin zu versenken, aber sie hatte nichts, womit sie das bewerkstelligen könnte. Alternativ könnte sie einen großen Stein unter das abgebrochene Ende legen...nein, dann würde die Leiter umfallen, wenn sie darauf stand und das würde nur noch böser enden.

Just in diesem Moment erschien eine Gestalt auf dem Pfad, der am Obsthain vorbeiführte, eine Frau in einem Umhang mit Kapuze, die Hände tief in einem fellbesetzten Muff vergraben. Sie kam ihr nicht bekannt vor, aber man musste ja nicht miteinander bekannt sein, um für fünf Minuten eine Leiter festzuhalten! Da hatte sie die Lösung für ihr Problem!

Sie ließ sie Leiter wieder umfallen und rief: „Miss?"

Die Gestalt wandte sich wie ein verschrecktes Reh zu ihr um. „Oh! Ich habe Sie nicht gesehen!" Es war ein Mädchen, einige Jahre jünger als sie selbst.

Elizabeth lief auf sie zu und schob die Verlegenheit beiseite, eine völlig Fremde um Hilfe zu bitten. „Verzeihen Sie, aber dürfte ich Sie um einen Gefallen bitten? Ich brauche dringend jemanden, der eine Leiter für mich festhält, während ich ein paar Misteln aus diesem Baum pflücke", bat sie und zeigte hinter sich.

Die Augen des Mädchens weiteten sich. „Es tut mir sehr leid. Ich soll mit niemandem sprechen!" Sie klang geradezu verängstigt.

„Versprochen, ich werde keiner Menschenseele davon zu erzählen, dass ich hier jemandem begegnet bin und ich stünde tief in Ihrer Schuld." Elizabeth bettelte: „Es wird nur eine Minute dauern."

„Ich sollte nicht..."

„Ich werde wirklich nichts sagen. Eigentlich würde ich mich Ihnen nicht so aufdrängen, nur hatte ich einen ganz fürchterlichen Tag und diesen Mistelzweig zu bekommen, würde ihn ein bisschen besser machen."

Die Fremde biss sich auf die Lippe. „Es kann vermutlich nicht schaden." Irgendwie klang es beinahe wie ein Frage. „Und es tut mir sehr leid, dass Sie einen schweren Tag hatten."

„Vielen Dank. Sie ist gleich da drüben."

Das Mädchen folgte ihr und hörte aufmerksam zu, als Elizabeth das Problem schilderte. Zusammen fanden sie eine Stelle, an der das kurze Ende der Leiter auf einer der Wurzeln des Baumes aufstehen könnte, die sich aus dem Boden nach oben geschoben hatten, sodass sie etwas gerader würde stehen können. Und dann, als die Fremde die Leiter festhielt, stieg Elizabeth hinauf, bis sie den ersten Ast erreichen konnte.

Es war schon ein paar Jahre her, seit sie das letzte Mal auf einen Baum geklettert war, doch ihre Muskeln erinnerten sich rasch wieder an die Bewegungsabläufe. Bald schon erreichte sie den Ast, auf dem die Mistel saß, zog ihre Gartenschere hervor und schnitt ein paar Zweigchen davon ab, sorgsam darauf bedacht, genug zum Nachwachsen stehen zu lassen. Nachdem sie das Ende in ihr Taschentuch gewickelt hatte, um den klebrigen Saft nicht auf ihre Haut zu bringen, begann sie mit dem Abstieg.

Warum war das Hinabsteigen immer angsteinflößender als Hinaufzuklettern? Ein kleines Detail beim Klettern hatte sie vergessen – dass ihr beim Anblick des Bodens so weit unter sich schwindlig wurde. Und doch stellte sie sich dieser Herausforderung gern, auch wenn ihr Herz heftig pochte, als sie dann schließlich mit ihrem Fuß nach der obersten Sprosse der Leiter tastete. Aber sie hatte es geschafft!

Eine Sprosse, dann noch eine. Bei der dritten gab die Leiter ein ominöses Knacken von sich, doch bevor sie vollkommen durchbrechen konnte, sprang Elizabeth ab. Natürlich plumpste sie zu Boden, wie sollte es auch anders sein, wenn man so etwas vor einer wohlerzogenen Fremden versuchte? Sie landete in einer Position, die ihr das Sitzen beim Weihnachtsessen garantiert unangenehm gestalten würde. Das Lachen platzte aus ihr heraus, als sie sich ihre missliche Lage vor Augen führte.

„Oh nein! Haben Sie sich verletzt?" Die Augen des Mädchens waren weit aufgerissen.

„Nur meinen Stolz! Aber sehen Sie, ich habe sie ergattert!" Sie hielt die Mistelzweige triumphierend in die Höhe. „Netherfields magischer Mistelzweig wurde erobert!"

„Magisch? Warum? Sind Misteln hier so schwer zu finden?", wollte das Mädchen wissen.

„Nicht ganz so leicht wie andernorts, wobei Buben, die die alten Eichen erklimmen, öfter welche finden. Aber die Mistelzweige aus dem Obsthain zu Netherfield haben eine lange Tradition und man sagt ihnen nach, am meisten Glück zu bringen. Bevor sie wegzogen, haben die Townshends immer einen Weihnachtsball abgehalten, der stets in einer ungewöhnlich hohen Anzahl von Brautwerbungen und Ehen endete. Alle scherzten, dass Netherfields sagenumwobener Mistelzweig dafür verantwortlich sei. Aber dann sind die Townshends umgezogen und haben das Anwesen zur Vermietung freigegeben und in jenem Jahr haben sich ein paar Jungen über die Mistelzweige hergemacht und alle herausgerissen, um sie als Netherfields magische Mistelzweige zu verkaufen und seitdem ward keiner mehr hier gesehen."

„Aber..." die Stimme des Mädchens verklang, als sie auf den offensichtlichen Widerspruch blickte.

Elizabeth lachte. „Von diesem hier weiß keiner. Als ich Netherfield im letzten Monat besuchte, hat mir ein Gärtner diese verborgene Kugel gezeigt. Da die neuen Mieter Netherfield wieder verlassen haben, beschloss ich, dass niemand ein Zweigchen davon vermissen würde. Selbst wenn es keine magischen Kräfte besitzen sollte, bringt es meiner Familie doch ein wenig dringend benötigte Hoffnung."

„Das tut mir leid zu hören", sagte das Mädchen sehr ernst.

„Oh, es ist nichts Schlimmes! Aber meine älteste Schwester wurde gerade von ihrem Verehrer verlassen, von dem wir glaubten, er würde sie heiraten und ich wurde...nun ja, nicht direkt von einem Mann umworben, aber jeder wusste, dass ich seine Favoritin war und ich habe just heute herausgefunden, dass er mich ganz furchtbar getäuscht hat. Nicht nur mich, sondern alle, obwohl er wirkte, als wäre er der charmanteste Mann unter der Sonne. Deshalb bin ich heute so betrübt und sogar bereit, auf einen Baum zu steigen." Sie hatte weder vorgehabt, all das preiszugeben, insbesondere nicht gegenüber einer vollkommen Fremden, noch, dass ihre Stimme dabei bräche, wenn sie von diesem Teufel George Wickham sprach.

„Oh!", keuchte das Mädchen, dessen Augen plötzlich glänzten. „Das tut mir so, so leid. Es gibt nichts Schlimmeres, als einem Mann zu vertrauen, der sagt, er liebe einen und dann herauszufinden, dass er lügt."

Elizabeth konnte sich lange genug von ihren eigenen Sorgen lösen, um zu bemerken, dass sie nicht wirklich gesagt hatte, Wickham habe sie geliebt. Offensichtlich hatte das arme Kind selbst Erfahrungen gemacht, die es nun auf sie übertrug. Welcher grässliche Mann ihr wohl das Herz gebrochen hatte? War das der Grund dafür, dass sie so blass und fahl aussah?

Immerhin hatte Wickham ihr eigenes Herz nicht vollends erobert. Nein, vielmehr war es nur ihr Stolz, der einen Dämpfer abbekommen hatte. Wütend versetzte sie dem Stamm des Apfelbaumes einen Tritt. „Nehmt das, ihr verlogenen Männer! Ich hoffe, er verrottet in seinem eigenen Misthaufen!"

Die Fremde sah sie mit weit aufgerissenen Augen an. „In einem Gülleberg", wisperte sie, als wagte sie es das erste Mal in ihrem Leben, einen solchen Gedanken überhaupt auszusprechen. „Ich hoffe, jemand bricht ihm das Herz und nimmt ihm alles, was ihm lieb ist, damit er zu spüren bekommt, wie sich das anfühlt."

„Ja!", rief Elizabeth. „Ich hatte mir schon Gedanken gemacht, was ich ihm wohl sagen würde, falls er mir noch einmal über den Weg liefe." Nicht, dass das wahrscheinlich wäre, nachdem er mit Colonel Forsters junger Braut erwischt worden war, der verdammte Kerl. Nun würde er es nicht mehr wagen, sein Gesicht in Meryton zu zeigen. „Vielleicht ein ‚Welch eine Schande, dass ein hübsches Gesicht und charmante Umgangsformen an einen Mann verschwendet wurden, der weder Moral noch Ehre im

Leib hat.' Aber das ist noch nicht wirklich beleidigend genug, nicht wahr?"

„Nein, er hat schlimmeres verdient, dieser grässliche Mensch! Aber was könnten wir denn sonst noch tun? Was vermag eine Frau zu tun, wenn ein Schuft ihr Vertrauen missbraucht hat? Wie können wir jemals wieder jemandem Glauben schenken, der behauptet, uns zu lieben?" Verzweiflung schwang in jedem ihrer Worte mit.

„Ich muss gestehen, dass ich Männern gegenüber nicht mehr so frei mit meinem Vertrauen sein werde", sagte Elizabeth langsam. „Aber ich weigere mich, ihm diesen Triumph über mich zu gönnen, dass er mir meine Fähigkeit zu lieben nehmen kann." Sie hielt den Zweig in ihrer Hand in die Höhe. „Und genau da kommt das hier ins Spiel."

Die Stirn des Mädchens runzelte sich. „Aber was, wenn der dann ebenfalls ein Schwindler ist?"

„Nein, indem ich die Hoffnung nicht aufgebe, selbst wenn ich mir gegenwärtig keinen anderen Mann für mich vorstellen kann. Mr. ... Der Schuft hielte sich für einen ganz besonders tollen Hecht, wenn er wüsste, dass er die Macht besitzt, mir andere Männer abspenstig zu machen, dass ich aufgeben würde oder auch nur, dass er es fertig brächte, mir die Hoffnung nehmen und dass ich mich seinetwegen schlecht fühle. Diese Macht gebe ich ihm nicht über mich."

„Aber wie nur? Ich bin verletzt. Wie kann ich mir das versagen?"

Das arme Mädchen! „Ihre Gefühle können Sie sich nicht absprechen. Sie sind wahr und echt. Was Sie allerdings in der Hand haben, ist die *Entscheidung, ob* Sie sich Ihr Leben von einem Schuft ruinieren lassen. Sie können sich immer wieder vor Augen führen, dass es Hoffnung gibt, auch, wenn Sie sie gerade eben nicht sehen können." Elizabeth legte den Mistelzweig in ihren Korb. „Wissen Sie, weshalb wir zu Weihnachten Grün in unser Haus bringen? Diese Tradition ist viel älter als das Christentum. Es soll uns daran erinnern, dass es selbst in der dunkelsten, kältesten Zeit des Jahres immer noch Grün gibt. Dass der Frühling eines Tages kommen wird, ganz gleich, wie unwahrscheinlich uns das in diesem Moment auch erscheinen mag, wenn um uns herum alle Pflanzen braun und tot wirken. Selbst wenn es sich so anfühlt, als würde unser Herz niemals heilen." Sie atmete einmal tief durch. „Lassen Sie sich von keinem Mann den Glauben daran nehmen, dass immer noch ein wenig Grün übrig ist, selbst im dunkelsten Winter."

Das Mädchen rang sich die Hände. „Ich bin hierhergekommen, um Weihnachten zu entfliehen. Alle in London sprachen unentwegt darüber, wie viel Spaß man haben würde und wie viele gesellschaftliche Ereignisse stattfinden würden und wie fröhlich diese Zeit alle stimmt. Und in meinem Herzen ist keine Freude oder Fröhlichkeit."

Wie gut sie das verstand! „Ich bin heute vor meiner Familie geflohen, weil ich es nicht mehr fertiggebracht habe, ständig zu lächeln. Zweifellos werde ich mich an Weihnachten dazu zwingen und eine Fröhlichkeit vortäuschen, die ich gar nicht empfinde, aber ich werde auch auf die Girlanden aus Immergrün über dem Kaminsims blicken und mich daran erinnern, dass der Frühling kommen wird. Und ich werde mir noch viel schrecklichere Dinge überlegen, die ich dem Schuft an den Kopf werfen kann, der an niemanden außer sich selbst denkt. In meinem Kopf werde ich sagen ‚Auf Nimmerwiedersehen! Um ein solch erbärmliches Exemplar der Gattung Mensch wie dich schere ich mich nicht mehr ‘“ Sie schnippte mit dem Finger.

„Ja, auf Nimmerwiedersehen!“ Ein winzig kleines Lächeln stahl sich auf die sonst so ernste Miene des Mädchens. „Endlich bin ich dich los!“ Ganz offensichtlich genoss sie es, diese Worte auszusprechen.

Da es sich so gut anfühlte, dieses schüchterne Kind zu ermutigen, ergänzte sie noch: „Und wenn ich mir diesen grünen Zweig so ansehe, sage ich auch ‚Auf Nimmerwiedersehen‘ zu Ihrem grässlichen Mann und denke daran, wie wir ihn in die Jauchegrube werfen!“

Die Fremde nickte: „Und ich mache dasselbe mit Ihrem! Auch wenn wir keine grünen Zweige haben, da ich nicht an Weihnachten erinnert werden wollte.“ Sie klang wehmütig.

Elizabeth legte den Kopf schief. „Wenn ich Ihnen einen kleinen grünen Zweig abschneide, würden Sie ihn dann an

Ihren Kaminsims hängen, damit wir den Moment teilen können?"

Ein draufgängerisches Funkeln begann, in ihren Augen zu leuchten. „Ich werde mit ganz viel Immergrün schmücken! Denn Sie haben recht, die Zweige bedeuten etwas ganz anderes." Zögerlich fügte sie noch hinzu: „Und ich glaube, meinem Bruder würde das auch Freude bereiten."

Elizabeth hielt ihre Gartenschere hoch: „Dann lassen Sie uns immergrüne Zweige schneiden und die gemeinen Männer in die Jauchegrube wünschen!"

Kapitel 2

DARCY ÜBERGAB SEIN PFERD an den Stallburschen, den er aus London mitgebracht hatte. Netherfields Bedienstete zu bemühen hätte die Wahrscheinlichkeit erhöht, dass jemand aus der Nachbarschaft auf ihre Anwesenheit hier aufmerksam geworden wäre und das wäre gar nicht gut. Das letzte, was er jetzt gebrauchen konnte, waren Höflichkeitsbesuche. Nicht, wenn es ohnehin schon schwer genug war, Georgiana eine Auszeit aus der Gesellschaft zu ermöglichen.

Noch besser wäre es gewesen, irgendwo hinzufahren, wo sie niemand kannte, doch ein Haus so kurz vor Weihnachten zur Miete zu finden war nicht leicht. Georgiana hatte sich so verzweifelt gewünscht, allem und allen zu entfliehen. Als Bingley ihm das abgelegene Cottage auf Netherfield angeboten hatte, war das wie ein Geschenk des Himmels gewesen.

Selbst wenn das bedeutete, Wickham aus Meryton loswerden zu müssen – nur, um sicher zu gehen – doch es hatte ihm ohnehin seit seiner Abreise aus Netherfield nicht gefallen, dass dieser Schurke sich ganz in der Nähe der bezaubernden Miss Elizabeth Bennet aufhielt. Selbst wenn Darcy sie niemals würde haben können, wollte er nicht, dass sie Wickhams Intrigen zum Opfer fiel. Glücklicherweise hatte es nicht mehr gebraucht, als einen Rechtsvertreter mit Beweisen für Wickhams bisherige Missetaten zu seinem Vorgesetzten zu schicken. Als netter Nebeneffekt hatte Colonel Forster den Schuft auch noch in flagranti mit Mrs. Forster erwischt, als er nach Wickham geschickt hatte, um ihn für seine Taten zur Rede zu stellen.

Entschlossenen Schrittes hielt Darcy auf das Cottage zu. Wie war Georgiana ohne ihn zurechtgekommen, so ganz alleine, von der Dienstmagd und der Köchin abgesehen? Sie in solch gedrückter Stimmung zurückzulassen, hatte ihm gar nicht gefallen, selbst wenn es nur für einen halben Tag gewesen war.

Doch als er die Tür öffnete, drang ein Klang zu ihm vor, den er schon seit vielen Monaten nicht mehr gehört hatte – nicht mehr seit dem Desaster in Ramsgate und der darauffolgenden rascher Verschlechterung von Georgianas seelischem Befinden. Das Lachen seiner Schwester. Kichern, um genau zu sein.

Das konnte doch gar nicht sein. Als er heute Morgen aufgebrochen war, waren ihr die Tränen in den Augen gestanden, wie sonst auch immer. Welches Wunder war hier geschehen?

Und dann, als er in Richtung der Stube ging, drang eine allzu bekannte, melodische Stimme an seine Ohren. Eine unvergessliche Stimme, eine, die ihn in seinen Träumen verfolgte. Aber, was tat *sie* hier?

Sie könnte alles zunichtemachen – auch wenn er sich danach sehnte, sie wiederzusehen.

„Wäre das nahe genug am Kamin, dass Sie den Ascheeimer nach einem garstigen, verlogenen Mann werfen könnten?" In ihrem Ton schwang ein Lachen mit, genau wie er es in Erinnerung hatte.

„Das ist perfekt", antwortete Georgiana, „auch wenn mir der Schweinemist lieber wäre."

Schweinemist? Seine zartsinnige, melancholische, schüchterne kleine Schwester sprach mit einer völlig Fremden über Schweinemist?

Als Elizabeth mit einem glockenhellen Lachen darauf reagierte, sehnte er sich nur noch mehr nach ihr.

„Oh ja, das wäre besser – wenn wir außer Acht lassen, dass wir dann für den Rest der Zeit den Gestank ertragen müssten. Wie wäre es damit: Zuerst leeren wir die Asche über ihm aus und während er sich noch halb blind vorantastet, suchen wir uns einen schönen, vollen Nachttopf, den wir über seinem Kopf ausleeren können? Wäre das nicht passend?"

Als Antwort kam eine weitere Runde Gekicher.

Darcy schloss seinen Mund, der ihm angesichts dieses bemerkenswert seltsamen Gesprächs offen stehen geblieben war. Und er konnte sich nicht mehr helfen, er musste sie einfach sehen.

Er schlich sich zu der offenen Wohnzimmertüre hinüber. Da stand sie, auf Zehenspitzen, ihre zarten Knöchel entblößt, weil sie die Arme hoch über den Kopf gehoben hatte, um etwas an der schwarz verfärbten Decke anzubringen. Das Sonnenlicht, das durch das Fenster hinter ihn hineindrang, umspielte ihren Körper in jedem Detail durch das dünne Musselinkleid hindurch.

Darcy schluckte schwer. Es kostete ihn all seinen Willen, nicht zu ihr hinüber zu eilen, sie in seine Arme zu schließen und all seine Träume Wirklichkeit werden zu lassen.

Es stand ihm nicht zu, auf diese Weise über Elizabeth Bennet zu denken.

„Na also!", rief sie triumphierend. „Was denken Sie?"

Er konnte seine Augen nicht von ihr nehmen. Von der Frau, die ihn so verzaubert hatte, die zu verlassen er sich gezwungen hatte, von der er gedacht hatte, dass er sie niemals wiedersehen würde. Da stand sie, im Schein der Sonne, in all ihrer Pracht, mit strahlendem Gesicht, das auf seine Schwester hinablächelte.

Er musste irgendein Geräusch gemacht haben, da Georgiana herumfuhr und ihn ansah. „Oh! Bruder, dich hatte ich gar nicht so früh zurück erwartet. Mach dir keine Sorgen, ich habe ihr meinen Namen nicht gesagt und sie hat versprochen, meine Anwesenheit hier geheimzuhalten."

Elizabeth, immer noch auf Zehenspitzen, wandte ihren Kopf ruckartig zu ihm herum. Ihre Lippen, die er am liebsten gekostet hätte, formten einen kleinen erstaunten Kreis – und dann verlor sie die Balance. Ihre Arme ruderten zur Seite und sie begann zu fallen.

Er eilte nach vorne, um sie aufzufangen und sie kontrolliert herunterzulassen, bis ihre Füße wieder den Boden berührten. Nicht allzu rasch, denn die bemerkenswerte Freude, Elizabeth Bennet in seinen Armen zu halten, würde ihm ein Leben lang ausreichen müssen. Die Wärme ihres weichen Körpers sandte eine Woge der Freude durch ihn hindurch.

Widerstrebend – oh, so widerstrebend – entließ er sie aus seinem Griff. „Haben Sie sich verletzt?", fragte er und gab sich Mühe, seine Stimme ruhig klingen zu lassen, als wäre dieses Wunder etwas ganz Alltägliches, das ihn nicht weiter berühren würde.

Ihr entfuhr ein atemloses Lachen und Röte stieg in ihre Wangen. „Meine Würde hat einen schlimmen Knacks abbekommen, aber anderweitig bin ich unverletzt." Mit einem verschmitzten Gesichtsausdruck fügte sie noch hinzu: „Wie außerordentlich blamabel! Dass ich mir von all den jungen Damen, die ich dazu ermutigen konnte, gedanklich einen gewissenlosen Mann in die Jauchegrube zu werfen, ausgerechnet Ihre wohlgeborene und wohlerzogene Schwester ausgesucht habe. Ich übe eindeutig einen schlechten Einfluss auf sie aus und sollte mich augenblicklich verabschieden, um den Schaden in Grenzen zu halten."

„Oh nein!", rief Georgiana. „Ich habe unser Gespräch so sehr genossen. Wirklich, Bruder, sie war sehr freundlich zu mir – und hat mir noch dazu wundervolle Gesellschaft geleistet."

„Vielen Dank, dass Sie mich so beherzt verteidigen! Zu meinem Leidwesen kennt Ihr Bruder allerdings bereits all meine Sünden und weiß viel über mich, das mir nicht zum Vorteil gereicht", sagte Elizabeth mit gespielter Reue. „Er hält mich bereits für unerzogen und weiß, dass ich zu unangemessenem Verhalten neige."

Darcy kam nicht umhin, er musste einfach lächeln. Wie sehr er es vermisst hatte, sich verbal mit ihr zu messen! „Keine Sorge, Georgiana. Miss Elizabeth Bennet findet große Freude daran, gelegentlich Meinungen zu vertreten, die gar nicht die ihren sind."

Georgianas Augen wurden groß. „Ach nein! Ihr kennt einander? Und *das* ist Miss Elizabeth Bennet, von der du mir in deinen Briefen erzählt hattest?"

Elizabeth knickste. „Schuldig im Sinne der Anklage, M'lord. Aber Sie dürfen mich weiterhin Helena nennen, sofern Sie das wünschen."

„Helena?", hakte er verblüfft nach.

Mit einem schelmischen Grinsen neigte sie den Kopf. „Wie es sein sollte, wollte Ihre Schwester mir ihren Namen nicht preisgeben, und doch wäre es furchtbar unhöflich gewesen sie mit ,wer immer Sie auch sein mögen' anzusprechen. Da wir durch den Wald geschlendert sind, wie es die jungen Damen in ‚Ein Sommernachtstraum' zu tun pflegten, beschlossen wir, dass sie Hermia und ich Helena sein würden. Ich finde, Ihre Schwester gibt eine entzückende Heldin aus Shakespeares Dramen ab, meinen Sie nicht auch?"

Darcy hätte sie auch seinen eigenen Namen ändern lassen, wenn das dazu geführt hätte, dass ihre liebreizenden Augen so leuchteten. „Ich hoffe, ich muss nicht den Part von Bottom dem Weber mit einem Eselskopf spielen."

Sie winkte ab. „Nein, wir reservieren unser Gift heute nur für Schurken und Schufte, Sie sind also vollkommen sicher vor uns. Aber ich denke, ich bin schon länger geblieben als die Höflichkeit gebührt, daher werde ich nun aufbrechen. Ihrer Schwester habe ich bereits versprochen, niemandem von ihrem Aufenthalt hier zu erzählen, ein Versprechen, das ich gerne auf Sie ausweite." Sie senkte verschwörerisch die Stimme. „Schließlich würde jede Erwähnung des Ganzen mich in einem schlechten Licht dastehen lassen! Insbesondere, da unsere Bekanntschaft damit begann, dass Ihre Schwester mich bei einem Akt des Diebstahls entdeckt hat."

„Welch eine Schande, Miss Elizabeth", sagte er in gespielter Empörung, „Was haben Sie gestohlen?"

Sie zeigte auf den Korb auf dem Beistelltisch. „Ein paar Zweige von Netherfields magischen Misteln. Und ein wenig Immergrün, das nun auf Ihrem Kaminsims ruht, was Sie zum Komplizen meiner kriminellen Aktivitäten macht."

„Ein wahrlich schweres Vergehen, aber möglicherweise kann ich Bingley dazu überreden, Ihre Straftaten nicht zu verfolgen. Nur dieses eine Mal." Er konnte nicht widerstehen, er musste dieses Gespräch einfach verlängern – er würde alles tun, um den finalen Abschied hinauszuzögern. Selbst diese kurze Gnadenfrist während derer er sich in ihrer Gegenwart sonnen konnte, und mochten es auch nur ein paar Minuten sein, hauchte ihm wieder Leben ein, ließ ihn mitten im tiefsten Winter wieder erblühen.

Georgiana sagte schüchtern: „Du bist nicht verärgert, weil ich mit ihr gesprochen habe? Oder dass wir mit Immergrün dekoriert haben, obwohl ich gesagt habe, dass ich nichts davon sehen will, weil es mich an Weihnachten erinnert? Helena – ich meine, Miss Bennet sagt, das Grün erinnere uns daran, dass der Frühling wieder zurückkehren würde, ganz gleich, wie dunkel und kalt es jetzt auch sein mag." Zögernd ergänzte sie: „Wir redeten nicht ausschließlich davon, Gentlemen in Schweinemist zu werfen."

„Ganz im Gegenteil. Ich bin hoch erfreut, dass du Miss Elizabeth gefunden hast. Ich gehe sogar so weit, mich ihrer Meinung anzuschließen, dass es Männer gibt, die sehr davon profitieren würden, nähere Bekanntschaft mit Schweinemist zu machen."

Elizabeth warf ihm einen verschlagenen Blick zu. „Wenngleich ich anmerken muss, dass Sie möglicherweise vermeiden möchten, dies in der Öffentlichkeit und gegenüber vollkommen Fremden zu äußern."

„Möglicherweise", stimmte er ihr zu, „doch wenn ich Shakespeare richtig im Gedächtnis habe, waren Helena und Hermia gute Freundinnen, die sich seit vielen Jahren kannten, und keineswegs Fremde."

„Na, da haben wir es doch, du bist ganz in deiner Rolle geblieben, nicht wahr, liebste Hermia?"

Georgiana machte den ersten Schritt und ging auf Elizabeth zu, um sich bei ihr unterzuhaken. „Da hast du vollkommen recht, meine alte Freundin Helena." Und wieder lachte sie. „Bitte, Bruder, darf Miss Bennet für ein paar Erfrischungen bleiben? Mrs. Hudson bereitet gerade schon den Tee."

„Es wäre mir eine Ehre, wenn sie uns Gesellschaft leisten würde." Und wenn Georgiana dann auch noch einen Bissen der zahlreichen Köstlichkeiten essen würde, die die Köchin zubereitete, um ihren noch immer abwesenden Appetit hervorzulocken, könnte es geschehen, dass Darcy Elizabeth auf Knien bitten würde, sich ihnen doch für jede Mahlzeit anzuschließen. Sofern er über seine Eifersucht hinwegkäme, dass seine Schwester das Recht hatte, Elizabeth zu berühren, wenn es ihm verwehrt blieb.

„Dann bleibe ich gerne, allein schon, um die Diskussion über die Vorteile von Schweinemist im Vergleich zu Kuhdung und Jauchegruben noch weiter zu vertiefen. Ich habe das Gefühl, dass ich bei diesem Thema noch eine ganze

Menge zu lernen habe." Und ihre Augen funkelten schon wieder amüsiert.

„Oh, ich kann mich nicht entscheiden! Was ist dein Favorit, liebste Hermia?", fragte Elizabeth Miss Darcy über das Teetablett hinweg gebeugt. „Magst du nicht bitte diese zwei kosten, um mich wissen zu lassen, welches ich davon wählen sollte?" Das war nichts, was sie für gewöhnlich sagen würde, aber angesichts dessen, dass das Mädchen nur noch Haut und Knochen zu sein schien, und gleich drei verschiedene Kuchen auf einem simplen Teetablett angerichtet waren, verbunden mit dem überraschten Blick der Köchin zuvor, als das Mädchen es bestellt hatte, ließ sie vermuten, dass etwas Ermutigung vonnöten war. Außerdem wusste sie, wie Leute aussahen, die eine schwere Zeit durchmachten und nicht essen konnten.

„Oh, ich bin mir sicher, dass alle gut sind", entgegnete Miss Darcy zögerlich.

„Und vermutlich haben Sie auch keinen Appetit, wie ich mir denken kann. Ich ebenso wenig, um ehrlich zu sein, nach meiner großen Enttäuschung. Aber ich lasse nicht zu, dass der Schuft mich nicht nur hintergeht, sondern auch noch krank machen kann und deshalb esse ich diesen Kuchen, schon allein, um ihm eins auszuwischen, selbst wenn mein Mund ihn eigentlich nicht schmecken mag. Genau genommen werde ich sogar zwei Stücke nehmen, nur um ihm zu zeigen, wie gleichgültig er mir ist." Sie konnte nicht glauben, dass sie ihre eigene Enttäuschung öffentlich zur Schau trug, noch dazu vor Mr. Darcy. Zumindest konnte er unmöglich erraten, dass sie vom Sohn seines ehemaligen Verwalters sprach, der ihn so freizügig schlecht gemacht hatte.

Wenngleich sie vielleicht die Anschuldigungen nochmals überdenken sollte, die Mr. Wickham über Mr. Darcy in den Raum gestellt hatte, wenn man bedachte, worüber er sonst noch gelogen hatte. Allein bei dem Gedanken wand sich alles in ihr. Wie hatte sie nur so leichtgläubig sein können? Selbst diese schreckliche Caroline Bingley hatte sie vor Mr. Wickham gewarnt, was sie allerdings abgetan hatte.

Nun, vielleicht war ihre Schmach nun doch noch für etwas gut, und mochte es auch noch so klein sein, wenn sie sie nutzen konnte, um diesem armen, leidenden Mädchen wieder ein wenig ihrer eigenen Stärke zurückzugeben.

Darcy betrachtete sie mit ernster Miene. „Nun, um Sie moralisch zu unterstützen, werde ich mich Ihnen anschließen und ebenfalls zwei Stücke Kuchen wählen. Ich hätte gerne sowohl den Mandel- als auch den Pflaumenkuchen, Georgiana. Danke sehr."

Georgiana kicherte. „Das kommt dir gerade recht, da du Kuchen liebst."

„Schhhh. Du gibst meine Geheimnisse preis!"

Elizabeth musste achtgeben, dass ihr nicht der Mund offen stehen blieb. Diese Seite von Mr. Darcy hatte sie noch nie zuvor gesehen. Brachte seine Schwester das Beste in ihm zum Vorschein?

Vielleicht war er ja tiefgründiger, als sie bisher gedacht hatte.

Kapitel 3

ELIZABETH ERHOB SICH. „BALD wird es dunkel, nun muss ich aber wirklich aufbrechen. Meine Tante und mein Onkel aus London sind sicherlich schon eingetroffen und werden sich fragen, wo ich abgeblieben bin." Dieser sehr gute Grund würde hoffentlich Miss Darcys Bitten, doch noch ein bisschen länger zu bleiben, zuvorkommen. Sie musste ihren Schmerz über Mr. Wickhams Treulosigkeit im Privaten hegen und so langsam neigte sich ihre Kraft für gesellschaftlichen Umgang dem Ende zu. Und dann war da noch die konstante Sorge darüber, was Mr. Darcy wohl wirklich über sie denken mochte – und welche Rolle er dabei gespielt hatte, Mr. Bingley davon zu überzeugen, Netherfield und ihre liebe Schwester Jane zu verlassen.

„Oh, ich hoffe, Sie kommen uns wieder besuchen!", rief Miss Darcy, mit einem Seitenblick auf ihren Bruder. „Das würde mich so sehr freuen."

„In der Tat, Miss Elizabeth. Mir ist bewusst, dass es an den Weihnachtstagen sicherlich schwierig wird, ein wenig Zeit für sich zu beanspruchen, aber wir würden uns sehr freuen, Sie wiederzusehen."

Sagte er das, weil er es wirklich wollte, oder weil sie seine Schwester unterhalten hatte? Letztlich spielte es jedoch keine Rolle. Die Darcys wären nur bis zum Dreikönigstag hier und dann würde sie sie nie wiedersehen. Ein Gedanke, der ihr einen unerwarteten Stich versetzte.

„Ich werde mein Bestes geben. Und ich verspreche, Ihre Anwesenheit vollkommen geheimzuhalten."

Darcy stellte sich an ihre Seite. „Würden Sie mir die Ehre erweisen, und mir gestatten, Sie auf ihrem Heimweg zu begleiten? Wie Sie bereits erwähnten, setzt die Dämmerung bald schon ein."

„Bis Longbourn sind es drei Meilen, Sir, und es wäre schon vollständig dunkel ehe Sie wieder zurück sind." Und sie brauchte Zeit für sich allein, um sich von diesem seltsamen Tag zu erholen.

Er lächelte. „Ich werde eine Laterne mitnehmen."

„Oh, seht!", rief das Mädchen hocherfreut und zeigte auf die Decke über ihren Köpfen. „Ihr steht unter dem Mistelzweig!"

Mr. Darcy schaute überrascht drein, doch dann breitete sich langsam ein Lächeln auf seinem Gesicht aus. „Wohl wahr." Zweifellos machte er das Beste daraus, um seine Schwester zu erfreuen. Elizabeth war schließlich die letzte

Frau auf Erden, mit der er unter dem Mistelzweig stehen wollen würde.

Hastig warf sie ein: „Ich muss Sie warnen, dass es sich hierbei um einen von Netherfields magischen Mistelzweigen handelt. Für gewöhnlich ist er besonders wirkungsstark und sollte nur mit äußerster Vorsicht genutzt werden." Als ob selbst der mächtige Netherfield Mistelzweig eine Brautwerbung zwischen ihr und Mr. Darcy hervorbringen könnte!

Er hob eine Augenbraue. „Ein magischer Mistelzweig?"

Der Gelegenheit, ihn zu necken, konnte sie nicht wiederstehen. „Wahrscheinlich handelt es sich dabei lediglich um ein Ammenmärchen, ganz sicher sogar. Doch können Sie es wagen, dieses Risiko einzugehen?"

„Nun, machen wir die Probe aufs Exempel. Es sei denn, Sie haben Einwände, Miss Elizabeth?", stieg er mit tiefer Stimme auf ihre Herausforderung ein.

Ihr Mund wurde trocken. „Ich...schließlich ist es Tradition." Und sie konnte niemandem außer sich selbst einen Vorwurf machen, immerhin hatte sie ihn eigenhändig dort aufgehängt!

„Wie könnte ich mit der Tradition brechen?", wisperte er kaum hörbar mit immer dunkler werdenden Augen.

Hitze stieg ihr in die Wangen. Unfähig, seinem Blick zu begegnen, schaute sie zur Seite. Er würde sie auf die Wange küssen, nicht wahr?

Dann legte sich ein Finger unter ihr Kinn, wandte ihr Gesicht ihm zu und sein Mund senkte sich auf ihren.

Ihr stockte der Atem und ein seltsames Gefühl breitete sich in ihrem Inneren aus. Dann bedeckten seine Lippen ihre, warm und so viel weicher als sie erwartet hätte und ein Ansturm der Sehnsucht bahnte sich seinen Weg durch sie. Und seine Lippen streiften die ihren nicht nur kurz, sie schmiegten sich an ihre, als wollten sie sie gar nicht mehr loslassen und die Essenz ihres Wesens durch die zärtliche Berührung in sich aufsaugen. Es war weit intimer als alles, was sie bisher erlebt hatte.

Andere junge Männer hatten sie gelegentlich verstohlen geküsst, aber so hatte es sich nie angefühlt, als wäre etwas Neues in ihr zum Leben erweckt worden. Wie eine lebendige und lebensnotwendige Verbindung und sie sehnte sich nach mehr.

Dann war es vorbei. Die Wärme zog sich von ihren Lippen zurück als er seinen Kopf wieder hob. Sie öffnete die Augen, starrte ihn geradezu an. Wann hatte sie sie eigentlich geschlossen? Irgendwann während dieses erstaunlichen Kusses, der ihr in jeder anderen Hinsicht die Augen geöffnet hatte.

Sein Atem kam stoßweise, genau wie ihr eigener, die Augen sanfter und sogar noch dunkler als zuvor. „Ja", wisperte er, „dieser Mistelzweig ist in der Tat sehr wirkungsstark."

Sie raffte ihren vernebelten Verstand zusammen. „Ich habe Sie gewarnt."

„In der Tat." Er klang jedoch nicht unerfreut, ganz im Gegenteil.

Konnte das tatsächlich derselbe stolze, unangenehme Mr. Darcy sein, den sie zuvor kennengelernt hatte? Jener, der sie nur angesehen hatte, um zu kritisieren?

Dann kam sie wieder zu Sinnen. Was taten sie da eigentlich – starrten einander in die Augen, nach einem Kuss, der weit mehr gewesen war, als unter einem Mistelzweig nötig gewesen wäre – und das noch dazu vor seiner jungen Schwester? Wenn ihre Wangen nicht schon längst gebrannt hätten, dann täten sie es jetzt ganz bestimmt!

Sie rieb ihre Hände aneinander und zwang ihren widerstrebenden Körper, sich zu benehmen. Dann wandte sie sich Miss Darcy zu, in der Hoffnung, nicht das blanke Entsetzen auf dem Gesicht des armen Mädchens zu sehen. Hatte sie das womöglich an den Schuft erinnert, der sie hintergangen hatte?

Aber das Mädchen hatte die Finger vor dem Körper miteinander verwoben und sah so hoffnungsvoll aus. Sicherlich konnte sie nicht denken, dieser Kuss hätte etwas zu bedeuten!

Eilig sagte Elizabeth: „Und nun muss ich wirklich aufbrechen." Könnte sie sich davonstehlen ehe Mr. Darcy eine Laterne gefunden hätte? Noch mehr Zeit in seiner Gesellschaft zu verbringen, wäre gerade auch eine ganz neue Form der Folter.

Dann blickte sie zu ihm auf. Vielleicht wäre es ja auch gar keine so schlechte Idee. Bei dieser Gelegenheit könnte sie herausfinden, ob seine neue Umgänglichkeit auch einen langen, kalten Marsch überstehen konnte. Immerhin hatte sie sich vollkommen in Mr. Wickham getäuscht. War es möglich, dass sie Mr. Darcy ebenso falsch eingeschätzt hatte?

Sie warf einen verstohlenen Seitenblick auf ihn. Ein Funke der Hoffnung erglomm in ihr als sie den warmen Ausdruck auf seinem Gesicht sah.

Weshalb hatte Mr. Darcy darauf bestanden, sie zu begleiten, wenn er nicht vorhatte, auch nur ein Wort zu ihr zu sagen? Es war wie damals, als sie ihn zuletzt gesehen hatte, bei ihrem Tanz auf dem Netherfield Ball. Da hatte sie ihn geneckt, dass ein wenig Konversation vonnöten sei. Offensichtlich hatte dieser erstaunliche Kuss nichts für ihn daran geändert. Oder vielleicht war er für ihn auch nicht so überraschend und ungewöhnlich. Er musste schon viele Frauen so geküsst haben und sie unterschied sich nicht von den anderen. Oder vielleicht sogar noch schlimmer, da er sie immer schon abgelehnt hatte.

Was, wenn er sie nur begleiten wollte, um ihr Vorhaltungen zu machen und sie zu warnen, dass sie sich von seiner Schwester fernhalten sollte?

Mit diesem niederdrückenden Gedanken fasste sie sich ein Herz. Eines gab es, was sie ihm sagen musste, einfach, weil es die Wahrheit war. „Ich entschuldige mich für meine

Einmischung. Ich hätte Ihre Schwester in Ruhe lassen sollen, als sie sagte, sie solle nicht mit mir sprechen."

Er sah sie überrascht an. „Ich bin froh, dass Sie es nicht taten. Heute habe ich sie zum ersten Mal seit beinahe einem halben Jahr wieder lachen gehört. Dafür gilt Ihnen mein tiefster Dank."

Was wollte er dann von ihr? „Es war mir ein Vergnügen, sie kennenzulernen. Sie ist ein liebes Mädchen."

„Ja." Er zog seinen Mantel enger um sich fest, als wäre die Temperatur gesunken. „Ich muss Sie um etwas bitten, das Ihnen seltsam vorkommen mag, insbesondere vor dem Hintergrund unseres Gespräches während wir auf dem Netherfield Ball tanzten, aber ich habe nur das Glück meiner Schwester dabei im Sinn."

Ihm ging dieser Abend also auch nicht aus dem Kopf? Sie hatte nicht den Eindruck gehabt, er hätte dem, was sie gesagt hatte, auch nur die geringste Beachtung geschenkt und sie selbst konnte sich kaum noch daran erinnern. „Ich gebe mir Mühe, mich nicht daran zu stoßen."

Er nahm einen tiefen Atemzug. „Ich bin mir Ihrer Bekanntschaft mit Mr. Wickham bewusst und wüsste es sehr zu schätzen, wenn Sie seinen Namen in Gegenwart meiner Schwester nicht erwähnen würden. Für sie wäre das... erschütternd."

Als verspüre sie irgendein Verlangen über den zu sprechen! Beim bloßen Gedanken daran rebellierte ihr Magen bereits, doch Mr. Darcy konnte nicht wissen, dass sich ihre Meinung so drastisch geändert hatte. „Selbstverständlich. Ich denke nicht mehr, dass es sich bei ihm um einen ehrbaren Mann handelt." Dann traf es sie wie ein Blitz. Miss Darcy war am Boden zerstört, weil ein Mann sie charmant umgarnt hatte und nun kam diese Warnung von Mr. Darcy. „Oh nein! War er derjenige, der... Oh, das tut mir so leid! Es geht mich nichts an. Welch grässliche, grässliche Tat, die er einem hilflosen Kind angetan hat."

„Meine Schwester hat eine Mitgift von dreißigtausend Pfund." Er sagte es, als erkläre das alles, was es vermutlich auch tat. „Es wird nicht das letzte Mal sein, dass es ein Mitgiftjäger auf sie abgesehen hat, doch ich wünschte, es wäre nicht bereits in so jungen Jahren geschehen."

Elizabeth war zuvor schon böse auf Wickham gewesen, doch nun stieg rasende Wut in ihr auf. „Ein Misthaufen ist noch viel zu gut für ihn."

„Dem werde ich nicht widersprechen." Er hielt inne, ehe er hinzufügte: „Ich halte es jedoch für brillant von Ihnen, meine Schwester darauf zu bringen, dass er eine solche Strafe verdient hat. Sie schienen genau zu wissen, was Sie zu einem jungen Mädchen sagen müssen." Seiner Stimme hörte man an, dass ihm selbst das Schwierigkeiten zu bereiten schien.

„Mit drei jüngeren Schwestern habe ich einige Übung darin", sagte sie. „Wenngleich ich eingestehen muss, dass Ihre Schwester weit mehr auf das gibt, was ich zu sagen habe, als meine eigenen."

„Welch glücklicher Zufall sie heute zu Ihnen geführt hat", sagte er ernst.

Sie hatten einen Zauntritt erreicht und er bot ihr seine Hand an, um ihr darüber zu helfen. Als ob sie das vor ein paar Stunden nicht auch ohne ihn geschafft hätte! Doch sie nahm die Hilfe an und seine Berührung schien sich in sie hineinzubrennen, selbst durch die Handschuhe hindurch, die sie beide trugen. Wie konnte sie einen solch leichten Druck in jedem Zentimeter ihres Körpers spüren? Dieser Kuss hatte ihr wahrlich den Verstand benebelt!

Wenn Mr. Wickham ihre Hand genommen hatte, hatte sie das durchaus gemocht, doch dies war so viel stärker. Wie seltsam, da sie Mr. Darcy doch nicht einmal leiden konnte!

Oder zumindest bisher nicht. Der heutige Tag hatte ihr eine andere Seite von ihm gezeigt. Vielleicht könnte sie ihm eine zweite Chance geben.

Von einem abgesehen. Sobald sie Longbourn erreicht hätten, würde sie wieder sehen, wie niedergeschlagen Jane war, der der Verlust von Mr. Bingley solch einen Schmerz bereitete. Ein Verlust, bei dem Mr. Darcy durchaus eine Rolle gespielt haben könnte.

Sollte sie ihn darauf ansprechen? Es wäre wohl kaum manierlich, doch nichts, was sie heute getan hatte, entsprach den guten Sitten. Und dass er eine gute Meinung von ihr hatte, bedeutete ihr doch nichts, oder? Zumindest nicht vor dem heutigen Tag und er selbst hatte sich nie mit seiner Kritik zurückgehalten. Was hatte sie schon zu verlieren?

Der Impuls war zu stark für sie. „Gehe ich recht in der Annahme, dass Mr. Bingley nicht vorhat, nach Netherfield zurückzukehren?"

Der Themenwechsel schien ihn sichtlich zu überraschen, vielleicht aber auch nur die leichte Schärfe in ihrer Stimme: „Ich glaube nicht, nein."

„Wie bedauernswert. Zumindest für uns, ich bezweifle, dass es ihn tangieren wird, ganz im Gegensatz zu meiner armen Schwester. Von ihm hatte ich besseres erwartet, doch vermutlich ist nichts Ungewöhnliches daran, wenn ein reicher Gentleman einer jungen Dame etwas vormacht, Gefühle in ihr erweckt, um sie anschließend zurückzulassen. Immerhin bietet ihm das ein wenig Unterhaltung, ohne dass es ihn etwas kosten würde." Oh nein, da hatte sie sich ein wenig zu weit aus dem Fenster gelehnt! Sie war einfach zu viele Nächte wachgelegen, in denen sie sich gewünscht hatte, ihm genau das sagen zu können und jetzt war sie so müde und aufgewühlt, dass ihr die Worte viel zu einfach herausgerutscht waren.

Zunächst herrschte Schweigen und sie wagte es nicht, ihn anzusehen, um seinen Gesichtsausdruck einzuschätzen. Schließlich sagte er: „Bingley ist ein guter Mensch, aber er ver- und entliebt sich sehr leicht und häufig."

„Wie schön für ihn! Für die betreffenden Damen eher weniger, doch vermutlich spielen deren Gefühle dabei keine Rolle." Sie gab ihr Bestes, es unbekümmert klingen zu lassen.

„Ich habe die beiden zusammen beobachtet und mir erschien es nicht, als hege Ihre Schwester besonders tiefe Gefühle für ihn. Hätte ich gedacht, dass sie Gefahr läuft, sich zu verlieben, hätte ich Bingley schon früher gewarnt, sich von ihr fernzuhalten."

War ihm klar, was er da gerade eingestanden hatte?

Zorn stieg in ihr auf und nun blieb sie stehen und fuhr zu ihm herum. „Ich bin beeindruckt, dass Sie das alles beurteilen konnten, schlichtweg in dem Sie sich das Antlitz einer Frau aus der Ferne betrachteten. Insbesondere, da von Damen erwartet wird, jederzeit gleichmütig zu wirken! Traurig nur, dass Sie sich dieses Mal geirrt haben. Welch eine Schande, dass Mr. Bingley in Liebesdingen nicht seinem eigenen Urteil gefolgt ist, er selbst hätte es womöglich besser gemacht."

„Falls seine Abreise Ihrer Schwester Schmerzen bereitet hat, dann tut mir das leid."

„Falls! Falls? Falls das, was ich sagte, eine Lüge war, meinten Sie wohl!" Sie war nun jenseits jedes rationalen Denkens. „Ich denke, es ist nun an der Zeit für Sie, umzukehren. So können Sie rascher zu Ihrer Schwester mit gebrochenem Herzen zurückkehren, während ich mich um meine kümmere." Vielleicht würde ihm das ein wenig Stoff zum Nachdenken geben! Raschen Schrittes stapfte sie davon.

Er eilte sich, um mit ihr Schritt zu halten. „Miss Elizabeth, es war nicht meine Absicht, die Wahrheit ihrer Worte in Zweifel zu ziehen. Ganz besonders nicht, nach-

dem Sie Georgiana so viel Freundlichkeit entgegenge-
bracht haben."

Unerträglicher Mann! Dennoch musste sie es irgendwie schaffen, ihr Temperament im Zaum zu halten. „Freundlich zu ihr zu sein ist nicht schwer. Guten Tag, Mr.
Darcy." Sie legte so viel Endgültigkeit wie nur möglich in
ihre Worte.

Diesmal folgte er ihr nicht. „Guten Tag, Miss Elizabeth", verabschiedete er sich geschlagen. „Ich hoffe, wir
werden Sie wiedersehen."

Weil er wollte, dass sie seine Schwester aufheiterte,
natürlich. Sie rief über ihre Schulter zurück: „Mein Versprechen an Miss Darcy werde ich nicht brechen."

Sie lief so schnell sie konnte. An den Feldern vorbei und
um das kleine Wäldchen herum, bis sie sich sicher sein
konnte, dass er sie nicht mehr sah. Erst dann blieb sie stehen, presste sich die Hände aufs Gesicht, in dem Versuch,
ihren schnellen Atem und ihr rasendes Herz beruhigen.

Was war denn nur los mit ihr?

Alles natürlich. Ihre eigene Enttäuschung über Mr.
Wickham und dass sie herausgefunden hatte, wie fehlbar
ihr Urteil doch gewesen war. Janes gebrochenes Herz. Und
auch davor schon das Desaster, das Mr. Collins einen
Antrag nannte und wie wütend ihre Mutter auf sie gewesen war, weil sie ihn zurückgewiesen hatte. Und dann noch
der Schock, zu erfahren, dass ihre liebe Freundin Charlotte
alles verriet, woran sie glaubte, um des Geldes wegen zu
heiraten.

Den einen Tag waren sie noch alle glücklich auf dem Ball auf Netherfield gewesen, wo das schlimmste, was passieren konnte, ein Tanz mit dem grässlichen Mr. Darcy war. Und dann war direkt am nächsten Tag alles so schnell den Bach heruntergegangen.

Nun musste sie einen Weg finden, ihr Gesicht wieder herzurichten, bevor sie das Haus erreichte. In einem so unausgeglichenen Gemütszustand konnte sie dort nicht aufschlagen.

Dafür musste sie selbst den Rat befolgen, den sie Miss Darcy gegeben hatte, die Hoffnung nicht aufgeben und daran denken, dass der Frühling wiederkehren würde.

Kapitel 4

WIE SCHWER KONNTE ES schon sein? Alles, was Elizabeth tun musste, war sich ein Lächeln aufs Gesicht zu pflastern, während sie das Cottage auf Netherfield betrat und höfliche Konversation über alles und nichts mit Miss Darcy und ihrem grässlichen Bruder betreiben. Mit dem, dessen Kuss sie nachts wachgehalten hatte, während ihr heiß geworden war und sie sich nach mehr gesehnt hatte, auch wenn sie sich das eigentlich nicht wirklich eingestehen wollte. Sie musste also nur so tun, als hätte ihr Streit gar nicht stattgefunden und als hätte sie ihn nicht vom Zaun gebrochen.

Vielleicht wegen dieses Kusses?

Die Klänge eines Pianofortes drangen an ihre Ohren, als sie sich näherte. Sie nahm einen tiefen Atemzug und klopfte an der Tür. Das Dienstmädchen schien sie bereits zu erwarten und führte sie in die Stube.

Ihr Herz stolperte kurz, als sie Mr. Darcy am Tisch sitzen sah, der, wie es schien, einen Brief verfasste. Er erhob sich augenblicklich und verbeugte sich steif.

Georgiana sprang vom Pianoforte hoch. „Oh, Miss Bennet! Ich bin so froh, dass Sie gekommen sind. Ist es nicht erfreulich, Bruder?"

Besagter Bruder sah alles andere als erfreut aus. „Willkommen, Miss Elizabeth. Ich hoffe, Ihre Familie ist wohlauf."

„Durchaus, vielen Dank", sagte sie mit schlagartig trockenem Mund. Warum wunderte sie sich, dass er nicht sonderlich erfreut über ihr Auftauchen war, nach allem, was sie ihm beim letzten Mal an den Kopf geworfen hatte? Und warum tat es weh?

Er sagte mit ernster Stimme: „Das freut mich zu hören. Da Sie zweifellos hier sind, um meine Schwester zu besuchen, möchte ich Sie bitten, mich zu entschuldigen." Und ohne ein weiteres Wort verbeugte er sich erneut und ging.

Aua.

Dennoch brachte sie es fertig, weiter zu lächeln. „Ich kann nicht lange bleiben, da wir Besuch im Haus haben, aber ich wollte Ihnen erzählen, wie sehr sich meine Schwestern gefreut haben, dass ich ihnen ein wenig von Netherfields magischem Mistelzweig mitbringen konnte. Auch wenn ich ihnen nichts von *unseren* Abenteuern berichten konnte, teuerste Hermia!"

Das Mädchen sah immer noch ein wenig kränklich aus, doch ihre Gesichtsfarbe war heute schon ein wenig besser. „Ich habe mir Ihren Rat zu Herzen genommen und versucht, Musik zu machen, auch wenn ich kein Verlangen dazu verspüre. Ich glaube, das war hilfreich."

„Und es klingt wundervoll. Ich habe es schon von draußen gehört und wünschte, ich könnte auch nur halb so gut spielen. Aber ein Schritt nach dem anderen, wir fangen ganz klein an."

„Ja", nickte sie, „selbst, wenn es noch so schwer sein mag."

„Leicht ist es beileibe nicht! Aber ich habe Ihnen etwas mitgebracht, das ich ausprobieren möchte." Sie stellte den Korb auf dem Tisch ab und nahm ein Bündel Zweige heraus, das mit einer hübschen Schleife zusammengebunden worden war. „Meine Tante aus London, die gerade hier zu Besuch ist, weiß einen Trick um sich zu Weihnachten zu reinigen und von allerlei Schmerzhaftem zu befreien. Man braucht ein Stückchen Papier und schreibt darauf, was man hinter sich lassen möchte. Dann rollt man es auf und steckt es in das Bündel, um es anschließend ins Feuer zu werfen. Sie hat mir geholfen, es zu binden." Und dann hielt sie es Miss Darcy hin.

Das Mädchen nahm es entgegen, um es in ihren Händen zu bergen. „Davon habe ich schon mal gehört. Manchen unserer Nachbarn zu Hause machen das, wir haben es jedoch nie ausprobiert."

„Das überrascht mich nicht wirklich. Es muss ein lokaler Brauch sein. Meine Tante ist in einer kleinen Stadt unweit von Pemberley aufgewachsen."

Dies schien ihr Interesse zu wecken. „Tatsächlich? Sie haben dort auch Familie?"

„Leider nicht. Sie ist die Frau meines Onkels und ich glaube, ihre ganze Familie hat Lambton verlassen nachdem ihr Vater gestorben ist. Er hatte die Pfarrstelle dort inne."

„Lambton? Oh, das ist wirklich ganz in der Nähe von Pemberley. Wie klein die Welt doch ist." Dann schien sie wieder in ihre Melancholie zurückzuverfallen.

Seit sie erfahren hatte, dass Wickham für ihrer beider Unglück verantwortlich war, war Elizabeth sogar noch entschlossener, dem Mädchen zu helfen – ganz gleich, wie sehr sie sich auch wünschen mochte, dessen Bruder aus dem Weg zu gehen. „Schließen Sie sich mir darin an? Ich möchte wirklich einige meiner Erfahrungen aus diesem Jahr verbrennen und mich der Zukunft zuwenden und es würde mir so viel bedeuten, wenn wir es gemeinsam tun würden."

„Einen Versuch ist es wert", antwortete Georgiana.

„Gut. Dann lassen Sie uns alles aufschreiben. Ich habe ein paar Papierreste mitgebracht und wie ich sehe, hat Ihr Bruder uns freundlicherweise Feder und Tinte hiergelassen." Ohne ihr eine Chance zum Widerspruch zu lassen, setzte Elizabeth sich an den Tisch, sorgsam darauf bedacht, nicht den Stuhl zu wählen, auf dem zuvor Mr.

Darcy gesessen hatte und zog sich die Handschuhe von den Fingern, um zu verhindern, dass diese Tintenflecken abbekämen.

Sie lehnte sich vor, griff nach dem Federkiel – sich unangenehm bewusst, dass seine Finger noch kurz zuvor dort gelegen hatten, wo sich nun die ihren befanden – und tauchte ihn in die Tinte. Einen Augenblick hielt sie inne, bis sie fühlte, wie Miss Darcy sich hinter sie stellte, und begann dann zu schreiben.

„Schreiben Sie den Namen Ihres Schuftes darauf?", fragte das Mädchen schüchtern.

„Ich schreibe lediglich ‚der Lump', weil ich kein sauberes Papier mit seinem Namen beschmutzen möchte, oder gar Asche mit diesem den Kamin hochschicken möchte. Doch darüber hinaus werde ich meinen falschen Stolz hinzufügen, der mir einredet, ich solle mich dafür schämen, dass ich einen Mann nicht durchschaut habe, obwohl ihm alle anderen ebenfalls geglaubt haben. Manchmal sind meine eigenen Ansprüche an Perfektion mein größter Feind. Ich möchte lernen, mir zu vergeben."

„Ich weiß genau, was Sie meinen", sagte Miss Darcy mit einem tiefen Seufzer.

Elizabeth hielt ihr einen der Zettel hin. „Schreiben Sie auch einen?"

„Ja", bestätigte Miss Darcy mit erstaunlich fester Stimme. „Ich werde ihn zu Asche verbrennen und all meine Selbstzweifel gleich mit." Sie setzte sich auf Darcys Platz.

„Ganz recht so!" Elizabeth reichte ihr die Feder und gab acht, sie von dem halb fertigen Brief wegzuhalten, den er liegen gelassen hatte, um nicht versehentlich einen Tintenklecks darauf zu tropfen. Doch als sie dies tat, stach ihr ein bekannter Name ganz oben auf dem Papier ins Auge.

Der Brief war an Mr. Bingley gerichtet.

Plötzlich prasselte jedes Wort ihres Streits mit Mr. Darcy wieder auf sie ein, ebenso wütend wie peinlich berührt. Wütend über das, was er getan hatte und das demütigende Gefühl, die Selbstbeherrschung verloren und sich auf eine Weise aufgeführt zu haben, die ihm nur seine schlechte Meinung über ihre Familie bestätigt haben musste.

Und jetzt schnüffelte sie auch noch in seiner Korrespondenz herum.

Sie riss ihren Blick davon los. Es gab ohnehin keinen Grund, ihn zu lesen. Das war nur ein Brief an seinen Freund, der nichts mit ihr zu tun hatte. Stattdessen sagte sie das Erste, was ihr in den Sinn kam: „Denken Sie, Ihr Bruder möchte sich uns gerne anschließen? Zur Sicherheit habe ich auch noch einen dritten Zettel mitgebracht."

Das Mädchen sah von dem leeren Blatt Papier auf, auf das es mit finsterem Blick hinuntergestarrt hatte. „Ich werde ihn fragen."

Elizabeth hatte darum gebeten, dass er sich ihnen anschloss. Die Worte hallten in Darcys Kopf wider. Hatte sie den

Brief gelesen, den er absichtlich hatte liegen lassen, in dem er Bingley schrieb, dass er Miss Bennets Gefühle falsch eingeschätzt hatte? Ihm war es wie ein Zeichen vorgekommen, dass sie just zu der Zeit eingetroffen war, als er ihn verfasst hatte und so hatte er ihn einem Impuls folgend dort liegen gelassen, wo sie ihn sehen konnte.

Zu wissen, dass sie ein bisschen weniger schlecht von ihm dachte, würde ihm während seiner langen, einsamen Nächte Trost spenden. Sie wusste nun, dass er Fehler machte, sie aber auch wiedergutmachen wollte.

Doch jetzt war nicht der richtige Moment, um darüber zu sinnieren, wie oft er von Elizabeth Bennet träumte. Eigentlich sollte er darüber nachdenken, was er im Feuer verbrennen wollte und seine Erinnerungen an sie würde er niemals aufgeben, ganz gleich, wie sehr sie ihn auch verfolgen mochten.

Er griff nach der Feder. Was wollte er hinter sich lassen? Von George Wickham abgesehen, doch diese Hoffnung hatte er schon lange aufgegeben, seit ihm klar geworden war, dass dieser ihm fortan unentwegt an den Rockschößen hängen würde, ganz gleich, was er auch tun mochte. Was konnte er verändern?

Aus dem Augenwinkel sah er Elizabeth, die seiner Schwester ein Lächeln entlockte. Der Schwester, der nicht einmal die besten Londoner Ärzte hatten helfen können, die von keiner ihrer wohlerzogenen Freundinnen und Freunden aufgeheitert werden konnten, denen er einen Besuch bei ihr hatte abschwatzen können. Selbst keines der

teuren Geschenke, die er ihr besorgt hatte, hatte sie
erfreuen können. Seine kleine Schwester fand einen
Funken Glück und Freude in Elizabeth Bennet, der Frau,
die Darcy als nicht gut genug für sich abgetan hatte.

Elizabeth, die sich mit ihr angefreundet hatte, ohne
sich Hoffnungen auf Gefälligkeiten von Darcy daraus zu
machen oder weil sie gedacht hätte, daraus irgendwelche
Vorteile für sich ziehen zu können, sondern einfach
nur, weil sie ein Mädchen gesehen hatte, das litt und
den Wunsch hegte, dies ein wenig zu lindern. Kannte er überhaupt irgendjemanden aus der Londoner
Gesellschaft, der dasselbe getan hätte?

Er tauchte die Feder in die Tinte und schrieb rasch
‚Falscher Stolz. Leute aufgrund meines ersten Eindrucks
von ihnen und den Erwartungen der Gesellschaft zu
beurteilen, statt ihren wahren Wert zu erkennen.‘ Mit
der Hand wedelte er darüber, um die Tinte zu trock-
nen, ehe er den Zettel anschließend fest zusammenrollte
und hinter das Band klemmte. Im Gegensatz zu seinem
Brief an Bingley, war dies nicht für Elizabeths Augen
bestimmt.

Was hatte sie auf ihren Zettel geschrieben? Wenn sein
Name auf ihrer Liste gestanden hätte, hätte sie ihn wohl
nicht dazu eingeladen, an diesem Ritual teilzunehmen.

Er schloss sich ihnen am Kamin an und hielt sein Bündel in die Höhe. „Ich bin soweit.“

„Ausgezeichnet“, sagte sie. „Dann auf drei. Miss Darcy, würden Sie uns die Ehre erweisen?“

Wie geschickt sie es eingefädelt hatte, Georgiana eine aktive Rolle zuzuweisen.

Seine Schwester hob das Kinn. „Auf Neuanfänge. Eins, zwei, drei", sagte sie und warf ihr Zweigbündel ins Feuer.

Elizabeths folgte direkt danach und dann kam seines, das beinahe auf Elizabeths landete. Die Zweige konnten sich glücklich schätzen, dass sie ihre berühren durften! Wenn er nur das Privileg genießen könnte, ihr so nahe zu sein, selbst wenn er dabei verbrennen würde. Brennen tat er ohnehin schon für sie.

Grauer Rauch kräuselte den Kamin hinauf als das Papier in Flammen aufging. Darcys Blick war auf die Bänder gerichtet, die sich verdrehten und schwarz wurden, denn das war sicherer, als Elizabeth anzusehen. Man würde ihm zu viel vom Gesicht ablesen können.

„Raus mit dem Alten, hinein mit dem Neuen", murmelte Elizabeth.

Kapitel 5

D ARCY BLICKTE AUS DEM Fenster des Cottages auf den frisch gefallenen Schnee hinaus, der sich heute Nacht wie eine Decke über die Landschaft gelegt hatte. Nur ein paar Zentimeter, doch die Enttäuschung legte sich auf ihn wie ein Gewicht. Er hatte schon auf den zweiten Weihnachtsfeiertag hingefiebert. Doch letzten Endes sollte es heute nicht sein, möglicherweise nicht einmal morgen.

Georgiana trat neben ihn. „Wird es Miss Bennet von ihrem Besuch heute abhalten? Sie sagte, sie würde kommen."

„Höchstwahrscheinlich", bestätigte er, die Worte lagen ihm bitter im Mund.

Das Strahlen wich wieder von Georgianas Gesicht. „Ich habe mich so auf ihren Besuch gefreut", meinte sie nun deutlich leiser als noch zuvor.

Er schielte zu ihr hinüber und sah die eindeutigen Zeichen, dass sie wieder melancholisch wurde. Seit sie Elizabeth kennengelernt hatte, war es ein wenig besser geworden und doch brauchte es nicht mehr als eine kleine Enttäuschung, um sie wieder zurückzuwerfen.

Was würde Elizabeth sagen, wenn sie hier wäre? Er versuchte, es sich zu vergegenwärtigen. „Ich kann mir vorstellen, wie sie gerade aus ihrem Schlafzimmerfenster in Longbourn schaut und Pläne schmiedet, wann sie dich wieder sehen kann. Sie verbringt wirklich gerne Zeit mit dir. Und sie wird die Sonne auf dem Schnee glitzern sehen und es zu schätzen wissen, weil sie das daran erinnert, wie schön die Welt ist, auch dann, wenn es draußen kalt ist. Vielleicht wird sie sogar nach draußen gehen und einen Schneeball machen, einfach nur, weil es ihr Freude bereitet."

Sich vorzustellen, wie Elizabeth im Schnee spielte, führte zumindest bei ihm dazu, dass er sich besser fühlte. Wie sehr würde sie den tieferen Schnee auf Pemberley lieben, wo er sie in Decken einpacken und mit ihr zusammen im Schlitten ausfahren würde. Ach, wenn das doch nur Wirklichkeit werden könnte!

Georgiana seufzte wehmütig. „Da hast du recht. Sie würde das Schöne daran sehen."

Wenn er sie nur sehen könnte, mit dem Funkeln in ihren Augen, das mehr glitzerte als der Schnee im Sonnenschein.

Das Klopfen kam unerwartet. Als hätte Darcy nicht an der unwahrscheinlichen Hoffnung, es möge doch noch geschehen, festgehalten. Als wäre er nicht kurz davor gewesen, auf alle Geheimhaltung zu pfeifen und nach Longbourn hinüber zu marschieren, um Elizabeth zu sehen, Schnee hin oder her. Wenn ihm nur eine gute Erklärung für sein Auftauchen dort eingefallen wäre!

Lass es sie sein. Lass es sie sein. Der Satz wiederholte sich in seinem Kopf wie der Refrain eines Liedes während er aufstand. Georgiana kam ihm jedoch zuvor, wahrscheinlich, weil sie sich weniger Gedanken um ihre Würde machte. Sie rannte zur Tür und riss sie auf. Offensichtlich machte auch sie sich nichts mehr daraus, ihre Anwesenheit geheim zu halten, wenn das bedeutete, Elizabeth einen Augenblick früher zu Gesicht zu bekommen.

Und da war sie, mit geröteten Wangen und einer rosigen Gesichtsfarbe unter ihrem schweren roten Wollumhang. Schneeflocken lagen wie kleine weiße Punkte darauf und hingen in Klumpen am Saum. Eine andere Frau hätte nach einem solchen Marsch abgeschlagen und müde ausgesehen, aber Elizabeth sprühte geradezu vor Leben, als hätte ihr der Marsch Energie gegeben, anstatt sie aufzubrauchen.

Georgiana rief: „Oh, ich bin so froh, Sie zu sehen! Ich hätte nicht gedacht, dass Sie heute kommen können."

„Ach, was ist schon ein bisschen frischer Schnee? Wie Ihnen Ihr Bruder bestätigen kann, bin ich einmal nach dem Regen nach Netherfield gelaufen, was wesentlich anstrengender als das hier war. Und ich kann Ihnen gar nicht sagen, wie unsagbar schmutzig ich war, als ich dort ankam – meine Unterröcke waren sechs Zoll hoch mit Schlamm besudelt!" Sie warf ihm ein unverfrorenes Lächeln zu, als wolle sie ihn herausfordern, ihr zu widersprechen.

„Alles, was mir im Gedächtnis geblieben ist, waren Ihre leuchtenden Augen nach dieser Anstrengung", entgegnete er. „Ich hoffe, Sie haben gut auf sich aufgepasst auf dem Weg hierher. Es wäre mir arg, wenn Sie ausrutschten und fielen."

Jetzt lachte sie ihn definitiv aus. „Ja, aber nur einmal." Sie kehrte ihnen den Rücken zu, um ihnen zu zeigen, dass dieser in der Tat voll Schnee war. „Es war ziemlich aufregend, da ich einen kleinen Abhang hinuntergerutscht bin. Aber getan habe ich mir dabei nichts."

Darcy konnte seinen Blick nicht von ihrer lebhaften Miene lassen. „Da bin ich froh. Darf ich Ihnen Ihren Umhang abnehmen? Ich fürchte, der Schnee hat unser Dienstmädchen daran gehindert, zu uns zu kommen, aber ich werde mir Mühe geben, ein möglichst guter Ersatz für sie zu sein."

Elizabeth öffnete die Schnalle an ihrem Hals. „Ich danke Ihnen."

Er trat hinter sie und griff dann vorsichtig um sie herum. Sein Herz raste, da er ihr so nahe war, dass dies beinahe einer Umarmung gleichkam und er sehnte sich danach, diese Vorstellung Wirklichkeit werden zu lassen. Ganz besonders, nachdem ihre Hand seine Finger streifte als er die Schnalle erreichte, was seine Sehnsucht nach ihr nur noch stärker entfachte. Sorgsam hob er den Umhang von ihren Schultern, als wäre er der größte Schatz und überließ ihn nur widerstrebend dem Haken neben der Tür. Glückliches Kleidungsstück, das sich um ihren schönen Körper legen und ihre Wärme spüren durfte!

Elizabeth schenkte ihm ein Lächeln, dass ihm ein größerer Dank war als jedes Wort es hätte sein können. Noch immer spürte er ihre Berührung auf seiner Haut, als hätte sie sich eingebrannt.

Doch dann holte er sich mühsam wieder in die Realität zurück, führte sich vor Augen, wo sie waren und dass Georgiana nicht einmal eine Armlänge von ihnen entfernt stand. Irgendwie brachte er es fertig, zu sagen: „Bitte kommen Sie in die gute Stube und wärmen Sie sich am Feuer. Ich werde die Köchin bitten, einen Tee zu bereiten." Das würde ihm die dringend benötigte Atempause verschaffen, um sich wieder zu fangen und seinen gesunden Menschenverstand wiederzufinden. Was war gleich noch einmal der Grund dafür, dass er sie nicht heiraten konnte, damit es ihm gestattet wäre, sie zu berühren?

Als er das Wohnzimmer wieder betrat, hielt Elizabeth ihre Hände vor das Feuer und sprach gerade mit Georgiana. „Außerdem wollte ich unser Treffen heute nicht verpassen, da ich, wie sich herausstellte, morgen nach London aufbrechen werde."

Plötzlich war ihm so kalt, als wäre er derjenige gewesen, der durch den Schnee gelaufen war. Er würde sie heute also zum letzten Mal sehen. Außer Bingley... Nein, eines nach dem anderen. Er würde diese kurze Zeit genießen, in der ihm die Freude ihrer Gesellschaft zuteilwurde. Die Erinnerung daran würde ihm womöglich ein Leben lang reichen müssen.

„Oh", Georgiana wirkte enttäuscht und für einen Moment war sie still, ehe sie fortfuhr: „Ich werde es sehr bedauern, Ihre Gesellschaft zu verlieren."

Elizabeth griff nach ihrer Hand. „Das ist das einzig Schlechte an dieser unerwarteten Reise – dass ich Sie nicht mehr sehen werde, während Sie hier weilen. Vielleicht können wir uns eines Tages wieder treffen?"

Jetzt oder nie. Er räusperte sich. „Das könnte früher als erwartet geschehen. Bingley möchte wieder nach Netherfield zurück – er plant, im neuen Jahr wiederzukehren. Es könnte sich also eine Gelegenheit ergeben, unsere Bekanntschaft fortzuführen, ohne es geheim halten zu müssen."

Elizabeth wandte sich um und starrte ihn mit weit aufgerissenen Augen an. „Mr. Bingley kehrt zurück?"

„Gestern erreichte mich ein Brief von ihm."

Sie zögerte, vermutlich, um die Tage im Kopf zu zählen. „Sie haben ihm zuerst geschrieben", sagte sie beinahe so, als wäre es eine Frage.

Er nickte. „Das habe ich." Leugnen wäre zwecklos, besonders, nachdem sie den Brief gesehen hatte.

„Also ist er immer noch interessiert an –", sie hielt abrupt inne und sah zu Georgiana hinüber, die nichts von Mr. Bingley und Miss Bennet wusste. „... an Netherfield", beendete sie schließlich ihren Satz und ein Lächeln erblühte auf ihrem Gesicht.

„Offensichtlich", stimmte er ihr zu und sog ihre Freude angesichts dieser Nachricht geradezu in sich auf.

„Das wird sich positiv auf die Nachbarschaft auswirken", fügte sie hinzu und sprach ganz eindeutig von einer ganz bestimmten Person. „Und ich werde seine Ankunft verpassen! Aber nicht lange, da ich Ende Januar wieder heimkehren werde."

Georgiana betrachtete sie verwirrt. Sie musste gespürt haben, dass sich hinter ihren Worten mehr verbarg, als es den Anschein machte. Am besten wechselte er das Thema, wenn er späteren unangenehmen Fragen aus dem Weg gehen wollte.

„Gibt es einen Anlass für Ihre unerwartete Reise, Miss Bennet? Ich hoffe, es sind keine unerfreulichen Nachrichten."

„Nichts Ernstes. Meine Tante hat eine Nachricht erreicht, dass eines ihrer Kinder krank geworden ist, daher brechen sie und mein Onkel schon früher nach Hause auf. Sie haben mich gebeten, sie zu begleiten. Nun, eigentlich hatten sie meine Schwester Jane zuvor gefragt, aber da diese selbst an einer Erkältung leidet, fühlt sie sich noch nicht reisefähig, daher werde ich an ihrer statt mitkommen." Sie sagte es beinahe entschuldigend. „Fast hätte ich abgelehnt, um die Festivitäten hier nicht zu verpassen, aber ehrlich gesagt, wird es eine Erleichterung sein, hier wegzukommen. Meine Mutter ist seit einem Monat ganz furchtbar reizbar und ich bin dessen ziemlich überdrüssig geworden."

„Oh nein", sagte Georgiana entsetzt, „es tut mir so leid, dass sie nicht nett zu Ihnen ist."

Elizabeth schien den unangenehmen Moment abzuschütteln und lachte. „Das ist meine eigene Schuld – naja, zumindest würde sie das sagen. Sie ist sehr enttäuscht über mein schlechtes Benehmen." Doch es wurde deutlich, dass sie diese Einschätzung eher amüsant denn verdrießlich fand.

„Das kann ich mir nicht vorstellen", sagte Darcy, nur für den Fall, dass es sie doch stärker belastete als sie durchscheinen lassen wollte.

„Oh, aber es ihr die Wahrheit!" Nun scherzte sie ganz eindeutig. „Mein grauenhaftes Benehmen ist auch nicht wirklich ein Geheimnis, da sie sich bei der ganzen Stadt darüber beschwert hat, daher kann ich es Ihnen ebenso gut auch erzählen, was für eine erbärmliche Tochter ich doch bin: Ich habe einen Heiratsantrag abgelehnt, von dem sie sich wünschte, dass ich ihn annehmen solle. Und das aus dem schlichten Grund, weil ich denke, dass der Mann ein Dummkopf ist, den ich nicht respektieren könnte. Er wird nach dem Tod meines Vaters unser Haus erben und das genügte, um meine Mutter von seinen Qualitäten zu überzeugen", sagte sie leichthin. „Ich selbst bereue nichts."

Er wusste sofort, wen sie meinte und es erfüllte ihn mit Zorn, wenn er daran dachte, dass dieser Mann es wagte, ein Auge auf Elizabeth zu werfen. „Der Pfarrer meiner Tante, nehme ich an. Für den sind Sie viel zu gut, das wäre eine Verschwendung." Die Worte rutschten heraus, noch bevor ihm klar wurde, wie ungebührlich sie waren.

Sie lachte angesichts seines Unbehagens, aber freundlich, als verstünde sie ihn. „Nach seinen Beschreibungen Ihrer Tante kann ich mir kaum vorstellen, dass diese erfreut darüber wäre, wenn er eine vorlaute, unverfrorene Miss geheiratet hätte, die keinerlei Sinn für gutes Betragen hat."

„So würde ich Sie wohl kaum beschreiben, Miss Elizabeth", entgegnete er. „Dennoch kann ich mir nicht vorstellen, dass Sie die Bekanntschaft mit Lady Catherine besonders genießen würden."

Ihre Augen tanzten. „Sie würden mich nicht als vorlaut und unverfroren beschreiben?"

Wie geschickt sie ihn mit dem Schwert ihres scharfen Verstandes in die Enge getrieben hatte. Und wie er es liebte, sich auf diese Art mit ihr zu duellieren. „Gelegentlich, möglicherweise", lenkte er ein. „Doch das bedeutet nicht zwangsläufig, dass dies immer unwillkommen ist."

„Ich finde Sie einfach nur wundervoll und ich bin froh, dass Sie den Mann nicht geheiratet haben, denn dann wären wir uns nicht begegnet."

Wenn Darcy sich nur ebenfalls erlauben könnte, so etwas zu ihr zu sagen! Wenn die Plicht doch nur nicht von ihm verlangen würde, dass er eine Frau mit besseren Verbindungen heiratete! Doch nicht einmal diese Tagträume konnte er sich erlauben.

Oder dass er sich eines Tages der Tatsache stellen würde müssen, dass ein anderer Mann seine Elizabeth geheiratet hatte.

Darcy hasste es, wenn Georgiana weinte. Eigentlich sollte er sie vor allem beschützen, das ihr wehtun konnte. Bei Wickham hatte er versagt und nun schon wieder. Ganz gleich, wie kurz sie Elizabeth auch kennen mochte, war diese doch die erste Person seit Ramsgate, an der Georgiana Interesse gezeigt hatte.

Doch in diesem Fall fühlte er sich ebenso beraubt wie Georgiana.

„Ich wünschte, ich könnte ihr zumindest schreiben", schluchzte seine Schwester.

„Das wäre nur schwer zu erklären, da der Rest der Welt denkt, ihr wärt euch noch nie begegnet." Falls die Leute herausfinden sollten, dass sie heimlich auf Netherfield gewesen waren, würden sie anfangen, Fragen zu stellen und das würde ungewollte Aufmerksamkeit auf Georgiana ziehen.

„Ich weiß, aber ich wünsche es mir dennoch."

Es musste etwas geben, was er tun konnte, um ihr zu helfen. „Bingley wird bald wieder hier wohnen. Wenn du dich der Gesellschaft wieder gewachsen fühlst, könnten wir ihm einen Besuch abstatten und dann kannst du Elizabeth offiziell vorgestellt werden. Und danach könnt ihr euch schreiben, soviel ihr mögt."

Und er würde Elizabeth ebenfalls wiedersehen können. Eine kurze Kostprobe des Glücks, auf die noch mehr Erinnerungen folgen würden, die ihm das Herz brachen. Aber er würde es tun. Zu widerstehen war unmöglich.

Georgiana tupfte sich die Augen mit ihrem Taschentuch ab. „Könnten wir das tun?" Bei der Erleichterung in ihrer Stimme fühlte er sich gleich noch schuldiger, als würde er ihr irgendwie eine Freundin vorenthalten.

„Sobald du dich bereit dazu fühlst." Nicht, dass es dafür bisher Anzeichen gegeben hätte. Seine Schwester hasste es sogar, dass die Dienstboten sie zu sehen bekamen.

Sie nahm einen tiefen Atemzug. „Ich könnte anfangen, es zu üben. Vielleicht besuche ich ein oder zwei Leute, von denen ich zumindest weiß, dass sie gütig sind."

Solch einem Vorhaben hätte seine Schwester noch vor einer Woche niemals zugestimmt und jetzt schlug sie es sogar selbst vor. Und das alles hatten sie Elizabeth und ihrer unerschütterlichen Tatkraft zu verdanken. „Das machen wir", bestärkte er sie, sorgsam darauf bedacht, sie nicht zu sehr zu drängen.

Ein paar Minuten blieb sie still sitzen und er machte sich schon Sorgen, sie könne es sich noch einmal anders überlegt haben, doch dann sagte sie: „Mir kam da ein Gedanke."

Kapitel 6

E LIZABETH WAR ERST SEIT zwei Tagen in London, als das Dienstmädchen der Gardiners sie in der Kinderstube aufsuchte. „Da sind Besucher für Sie, Miss."

Elizabeth sah von dem Buch, das sie ihrer kleinen Cousine vorlas, auf. „Für mich? Sicherlich sind sie hier, um meine Tante zu besuchen." Die einzigen Leute, die wussten, dass sie in London weilte, waren Freunde der Gardiners.

„Nein, sie haben nach Ihnen gefragt." Das Mädchen hielt ihr eine Karte entgegen. „Ein Gentleman und seine Schwester."

Hitze durchfuhr sie, als sie vorgab, die Visitenkarte zu studieren. Aber eigentlich musste sie den Namen gar nicht lesen, auch wenn ihre Augen auf jedem Buchstaben davon verweilen wollten, ebenso wie ihre Fingerspitzen die kleine Karte nicht mehr loslassen wollten, die er berührt hatte.

Seit ihrer Ankunft in London vor zwei Tagen hatte sie sich so viel Mühe gegeben, ihn zu vergessen, und nun war er hier. Warum? Selbst zu Hause, wo er mit ihrer Familie bekannt war, hatte er ihr keinen Besuch abgestattet, geschweige denn dass er nun seinen Stolz beiseiteschieben und sie in Cheapside besuchen würde. Und seine Schwester hatte jegliche soziale Kontakte gemieden. Warum also suchte sie nun das Haus von Fremden auf? Und warum waren sie nicht mehr auf Netherfield? Georgiana hatte gesagt, dass sie bis nach dem Dreikönigstag bleiben wollten.

Es hatte nichts zu bedeuten. Zweifellos hatte Georgiana sich gewünscht, sie zu sehen und Mr. Darcy hatte beschlossen, sich herabzulassen, um seiner Schwester zu helfen. Nicht er war derjenige, der gekommen war, um sie zu sehen und sie täte gut daran, dies nicht zu vergessen.

Sie war nicht für Besuche gekleidet. Sollte sie sich zuerst umziehen? Aber nein, sie würde nicht versuchen, unmöglich hohen Standards zu entsprechen. Sie hatten sie schon gesehen, als sie in Netherfields Obstgarten geklettert war.

Doch Mr. Darcy stellte sie sich lieber nicht allein. Sie schloss das Buch und entschuldigte sich, ehe sie zu Mrs. Gardiners Wohnzimmer eilte und sie über ihre illustren Gäste informierte.

Mrs. Gardiners Augenbrauen schossen in die Höhe. „Mr. Darcy von *Pemberley*? Lizzy, gibt es da etwas, das du mir nicht erzählt hast?"

„Nein! Nichts dergleichen.“ Elizabeth presste sich die Hände auf ihre heißen Wangen. „Der Zufall hat mich zu seiner Schwester geführt und wir sind Freundinnen geworden, ohne zu wissen, wer sie eigentlich ist. Sie hat kürzlich eine schmerzhafte Erfahrung gemacht und war seitdem ein wenig schwermütig. Aber sie mochte mich und er hat beschlossen, sie darin zu bestärken.“ Oder etwas in die Art, wenn man den erstaunlichen Kuss unterm Mistelzweig außer Acht ließ.

„Hmm.“ Ihrer Tante war anzusehen, dass sie das nicht überzeugte. „Soll ich mit dir gehen, um sie zu begrüßen? Den illustren Mr. Darcy von Pemberley würde ich nur zu gerne kennenlernen.“

„Würdest du bitte? Ich hatte nicht damit gerechnet, dass sie hier auftauchen.“

„Natürlich. Kannst du mir irgendetwas über Miss Darcy erzählen? Etwas, das mir helfen könnte, mit ihr ins Gespräch zu kommen?“

Elizabeth zögerte. „Sie wirkt schüchtern. Was ich gehört habe, ist sie eine sehr begabte Pianistin, schreckt jedoch davor zurück, für andere zu spielen. Und am besten sprichst du sie nicht darauf an, wie wir uns kennengelernt haben – das erzähle ich dir dann später, wenn du möchtest.“

Die Augenbrauen ihrer Tante hoben sich. „Ich verstehe. Dann werde ich mal um ein Teetablett bitten – mit unserem besten Tee! Lass mich das kurz arrangieren und dann komme ich gleich wieder zu dir zurück.“

Nachdem Elizabeth sie einander vorgestellt hatte, war Georgiana still, doch Mr. Darcy stellte alle angemessenen Fragen und erkundigte sich über die Gesundheit der Familie.

Elizabeth sagte: „Es ist mir eine Freude, Sie so bald schon wieder zu sehen. Ich hatte gedacht, Sie seien noch immer verreist." Na also, damit hatte sie vermieden zu sagen, wo sie gewesen waren.

„Das waren unsere Pläne, doch diese haben sich durch die Umstände geändert", erwiderte Darcy.

Umstände. Hatten sie sich Sorgen machen müssen, entdeckt zu werden? „Haben Sie schon Weiteres von Mr. Bingleys Plänen gehört?"

„Er trifft morgen in Netherfield ein und hofft, sehr bald schon Besuche in der Nachbarschaft machen zu können. In seinem letzten Brief erwähnte er, dass er hoffe, zu sehen, wie die Feierlichkeiten zum Dreikönigstag dort begangen würden."

Elizabeth lächelte. „Ich glaube, er kann sich auf eine Einladung von meiner Mutter verlassen."

„Darüber wäre er hocherfreut." Offensichtlich ging Darcy dann der Gesprächsstoff aus, auch wenn sein Blick weiterhin fest auf sie gerichtet war.

Georgiana schien all ihren Mut zusammenzunehmen, um zu sagen: „Mrs. Gardiner, wie ich gehört habe, haben

Sie einen Teil Ihrer Jugend in Derbyshire verbracht."
Diesen Satz hatte sie eindeutig einstudiert.

Mrs. Gardiner strahlte sie an. „In der Tat! Ich habe in
Lambton gelebt, gar nicht weit von Pemberley entfernt,
und dieser Landstrich liegt mir immer noch sehr am
Herzen. Ich liebe all die Möglichkeiten, die mir London
bietet, und doch vermisse ich die Landschaft mit ihren
Hügeln und Tälern sehr! Mr. Darcy, ich glaube, Sie
könnten in Ihrer Jugend mit meinem Bruder bekannt
gewesen sein."

Oh, wie sehr Elizabeth den wachsamen Ausdruck
hasste, der sich nun auf Darcys Gesicht gelegt hatte!
Doch er schien ihn abzuschütteln und fragte: „Wie
heißt Ihr Bruder denn?"

„John Carlisle. Unser Vater war der Pfarrer von
Lambton. Manchmal hat er auch bei Gottesdiensten
auf Pemberley ausgeholfen, wenn der alte Mr. Hartfield
krank war."

Überraschung blitzte auf seinem Gesicht auf. „John
Carlisle? Mit ihm hatte ich beinahe ein Jahr lang
zusammen Unterricht."

„Ja, Ihr Vater bot dies meinem Vater an, um ihm
einen Gefallen zu tun, da meiner herausfinden wollte,
ob es sich lohnen würde, so viel Geld in eine Pri-
vatschule für John zu investieren. Er war immer der
Beste seiner Klasse in der Dorfschule, doch das musste
nicht zwingend etwas heißen."

„Nun, für mich war es offensichtlich, dass er mehr als bereit für eine höhere Schule war! Ein brillanter Schüler, Ihr Bruder. Mein Privatlehrer war mehr als froh, ihn unterrichten zu dürfen, da seine Leistungen auch mich dazu anspornten, härter zu arbeiten. Was macht er denn jetzt?"

„Er ist Jurist hier in London. Mein Vater hatte gehofft, er möge ebenfalls einen geistlichen Weg einschlagen, doch John war dies nicht herausfordernd genug. Er ist noch immer erschreckend klug."

„Bitte richten Sie ihm meine besten Grüße aus. An Ihren Vater erinnere ich mich ebenfalls. Seine Predigten fand ich geistreicher als das, was ich sonst so gewöhnt war."

War das wirklich Mr. Darcy, der lobende Worte für ganz normale Leute übrig hatte? Und zugab, dass Mrs. Gardiners Bruder ein besserer Schüler als er selbst gewesen war?

Die Unterhaltung floss, durch die Führung von Mrs. Gardiner, für ein paar Minuten beinahe mühelos dahin. Dann sagte sie: „Miss Darcy, wir kennen uns erst sehr kurz, aber ich frage mich, ob ich Sie bemühen dürfte, mir bei einer Kleinigkeit zu helfen. Sehen Sie, meine Tochter, die erst zehn Jahre alt ist, grämt sich ganz furchtbar wegen ihrer Leistung am Klavier. Ihr Meister ist den Winter über verreist und es gibt eine Stelle in ihrem gegenwärtigen Stück, die ihr nicht gelingen will. Sie hat schon darum gebeten, das Klavierspielen ganz aufgeben zu dürfen, was eine Schande wäre, da sie ziemlich gut für ihr Alter ist und es ihr bisher auch Freude bereitet hatte."

„Oh, das arme Mädchen! Ich weiß, wie sie sich fühlt."
Miss Darcy zögerte. „Ich bin mir nicht sicher, ob ich etwas
tun kann, um zu helfen, aber ich spreche gerne einmal mit
ihr, um sie zu ermutigen, wenn Sie das wünschen."

„Darum wäre ich so dankbar! In dieser Hinsicht hört
sie nicht auf mich, da ich selbst nicht musikbegabt bin,
aber wenn das eine elegante junge Dame täte, wäre das
natürlich gleich eine ganz andere Geschichte." Sie erhob
sich. „Wären Sie so freundlich, mich zu begleiten?"

Eine kurze, unangenehme Stille legte sich über den
Raum, als ihre Tante mit Georgiana den Raum verlassen hatte. Elizabeth schluckte, der Mund plötzlich
ganz trocken. Wie konnte sie an etwas anderes als diesen
außergewöhnlichen Kuss denken? Sie wollte ihre Tante
wieder zurückrufen, schon allein, damit die Anspannung
nachließ.

Darcy schien damit zufrieden zu sein, sie einfach nur
stumm zu betrachten, daher lag es wohl an ihr, daran etwas
zu ändern.

Sie nahm ihren Mut zusammen und sagte: „Ihre
Schwester erzählte mir, Sie hätten vorgehabt bis zum
Dreikönigstag in Hertfordshire zu verweilen." Oje, hatte
das zu anklagend geklungen?

„Das hatten wir ursprünglich so geplant, doch Bingleys Rückkehr hat unsere Pläne geändert. Sobald er auf
Netherfield weilt, können wir uns nicht wirklich weiterhin aus der Gesellschaft zurückziehen. Wir hätten ins
Haupthaus umziehen und vorgeben können, ganz frisch

in der Gegend eingetroffen zu sein, doch meine Schwester fühlte sich noch nicht dazu bereit, sich wieder geselligen Treffen zu stellen." Seine Mundwinkel zogen sich leicht nach oben. „Dass Sie uns in die Stadt gezogen haben, kann ich nicht leugnen. Georgiana fand unseren Aufenthalt in Hertfordshire weniger reizvoll nachdem Sie nicht mehr dort weilten." Sein Blick lag dunkel und entschlossen auf ihr, als läge noch eine zweite, verborgene Bedeutung hinter seinen Worten.

Ihre Wangen wurden warm, doch sie erinnerte ihren Körper streng daran, dass Mr. Darcy sie weit unter seiner Würde fand und sie ihm nicht einmal hübsch genug gewesen war, um mit ihr zu tanzen. Für ihn stand nichts auf dem Spiel, wenn er sich entschied, mit ihr zu tändeln, doch ihr stünde eine Enttäuschung bevor, falls sie ihn ernstnahm. Daher stürzte sie sich auf das Thema, das sich aus dem Gespräch mit ihrer Tante bereits ganz natürlich ergeben hatte und begann, über ihre junge Cousine und deren Klavierstunden zu sprechen, was sie dann ganz natürlich zu dem generellen Thema ‚Musik' führte.

Wo blieb nur Mrs. Gardiner? Sicherlich wusste sie doch, dass es Elizabeth in Verlegenheit brächte, wenn sie sie so lange mit Mr. Darcy allein ließ!

Klimpernde Klänge, die vom Klavier zu ihnen hinüber tönten, boten dann endlich ein wenig Erleichterung. Es begann mit den ungelenken Tönen einer noch unerfahrenen Schülerin, um dann in Georgianas deutlich geübtere Hände überzugehen, die selbst diese schlichten Melodien angenehm zum Zuhören machten. Dankenswerterweise konnte Elizabeth die Konversation schleifen lassen, während sie beide zuhörten.

Mrs. Gardiner kehrte zurück, während die Musik weiter spielte. „Nun", sagte sie entschlossen. „Ich bin Ihrer Schwester mehr als dankbar, Mr. Darcy. Sie hat Margaret nicht nur dabei geholfen, die richtige Fingerstellung für diese Stelle zu finden, die ihr so viel Schwierigkeiten bereitet hat, sondern ihr das Stück auch noch vorgespielt. Und nun spielen beide einträchtig Duette. Kurz wollte ich schon anmerken, dass Sie auf sie warten würden, doch die beiden hatten eine so gute Zeit, dass ich es nicht über mich brachte, sie zu unterbrechen."

Ich bin derjenige, der sich bei Ihnen bedanken sollte", sagte Darcy ernst. „Es tut gut, meine Schwester wieder mit Freude spielen zu hören. In letzter Zeit war das eher eine Pflicht für sie."

Wie außergewöhnlich, dass er dies einer Frau gegenüber offenlegte, die er eben erst kennengelernt hatte! Hatte seine alte Bekanntschaft mit ihrem Bruder und ihrem Vater Mrs. Gardiner erträglicher für ihn gemacht?

„Dann hatten wir alle etwas davon", sagte Mrs. Gardiner. „Genauso, wie es sein sollte. Ich hoffe, es hat Sie nicht gestört, dass ich Ihre Schwester um Hilfe gebeten habe, Mr. Darcy. Für gewöhnlich würde ich etwas in die Art auf einem kurzen Besuch nicht tun, aber ich dachte, Ihre Schwester könnte sich in einem etwas weniger formellen Rahmen wohler fühlen."

„Offensichtlich lagen Sie damit vollkommen richtig", meinte Darcy. „Ich hoffe, Sie können uns auch noch auf eine andere Weise helfen. Könnten Sie Ihre Nichte vielleicht für einen Nachmittag entbehren? Meine Schwester möchte ein paar Einkäufe machen und wäre froh, wenn eine Freundin sie begleiten könnte. Die beiden wären dabei natürlich nicht allein, ich würde sie zu den Geschäften eskortieren, doch meine Expertise in Sachen Bänder, Schleifen und Hüten ist nicht qualifiziert genug."

Elizabeth fühlte, wie ihr die Hitze in die Wangen stieg. Auch wenn er nur seiner Schwester zuliebe gefragt hatte, dass er dafür ausgerechnet nach *Cheapside* gekommen war! Das von dem Gentleman, der öffentlich verkündet hatte, sie sei nicht mehr als annehmbar? Die Frage war nun, ob sich seine Meinung wirklich geändert hatte oder ob dies nur zeigte, wie verzweifelt er versuchte, Georgiana zu helfen.

„Lizzy?", wandte ihre Tante sich an sie. „Das ist natürlich deine Entscheidung. Wenn du gerne mit Miss Darcy in die Stadt gehen würdest, hätte ich nichts dagegen einzuwenden."

Gleichmütig. Sie musste gleichmütig klingen, als würde das für sie gar keine Rolle spielen. „Ich würde mich über eine Gelegenheit, durch die Geschäfte zu streifen, freuen."

Darcy wirkte erleichtert. „Wäre Ihnen morgen recht? Oder ginge es an einem anderen Tag besser? Meine Schwester ist erpicht darauf, noch vor dem Dreikönigstag auszugehen."

„Ich habe noch keine festen Pläne, morgen wäre es also möglich."

Das Duett schien zu seinem Ende gekommen zu sein und eine Minute später tauchten die beiden jungen Musikerinnen Hand in Hand auf.

„Habt ihr das gehört, Lizzy? Mama? Klang das nicht wundervoll?", schwärmte Margaret.

„Das tat es wirklich", stimmte Elizabeth ihr zu. „Ihr habt gut zusammen gespielt."

„Miss Darcy kann *alles* spielen!", verkündete Margaret.

Georgiana lächelte schief. „Zumindest ein paar Stücke. Ihre Duette hatte ich auch schon vor ein paar Jahren gelernt. Ich hab noch ein paar andere zu Hause, wenn Sie sich an diesen versuchen möchten."

Margarets Augen leuchteten auf. „Oh, ja! Könnten wir irgendwann einmal wieder zusammen spielen?"

An dieser Stelle griff ihre Mutter ein. „Gewiss hat Miss Darcy viele Verpflichtungen, die ihr nur wenig Zeit lassen."

Georgiana schüttelte den Kopf. „Das würde mir sehr gefallen. Wir hatten eine gute Zeit miteinander, nicht wahr, Miss Gardiner?"

„Oh ja!"

Zum ersten Mal in seinem Leben wünschte Darcy sich, es wäre nicht geregelt, wie lange man höchstens auf Besuch bleiben durfte. Gerne wäre es länger geblieben und hätte die Freude, sich in Elizabeths Gegenwart zu befinden und ihre lebhaften Gesichtszüge zu sehen, in sich aufgesogen.

Die junge Miss Gardiner schien seine Ansicht zu teilen, wenn auch aus einem anderen Grund. „Ich wünschte, Sie müssten noch nicht gehen! Darf ich Sie zu Ihrer Kutsche begleiten?" Sie hatte sich bereits Georgianas Hand gegriffen, nur für den Fall, ihre neue Heldin könnte dies ablehnen.

Darcy ließ sie vorausgehen und folgte ihnen gemesseneren Schrittes mit Elizabeth an seiner Seite, deren Lavendelduft ihn umschmeichelte. Sanft sagte er: „Ihre Familie scheint ein Talent dafür zu besitzen, dass sich meine Schwester bei Ihnen wohlfühlt. Das erfüllt mich mit Dankbarkeit."

„Nichts, was sie in diesem Teil der Stadt zu finden erwartet hatten?", neckte sie ihn, jedoch mit einer gewissen Schärfe in der Stimme.

„Nichts, was ich an irgendeinem Ort zu finden geglaubt hätte. Ein großmütiger und gütiger Geist scheint heutzutage rar geworden zu sein."

„Um diese Jahreszeit ist es Tradition, großmütig zu geben und andere zu unterstützen", sagte sie leichthin. „Vielleicht haben Sie aber bisher auch nur an den falschen Orten danach gesucht."

Dem konnte er nur zustimmen. Jeglicher Anflug von gutem Willen kam in der guten Gesellschaft stets nur in der Erwartung einer Gegenleistung. Es gab immer einen

Preis zu zahlen. Doch sie hatten die Tür erreicht und daher blieb ihm nichts weiter, als sich bei ihr zu bedanken, dass sie sie empfangen hatte. Als er hinausging, musste er sich zwingen, sich nicht noch einmal zu ihr umzudrehen.

Erstaunlicherweise grinste Georgiana noch immer, als Darcy ihr gegenüber in der Kutsche Platz nahm. „Es war lieb von dir, dass du Mrs. Gardiners Tochter geholfen hast", bestärkte er sie.

„Oh, das war mit ein Vergnügen. Sie ist so ein süßes Mädchen! Unsere Duette mögen simpel gewesen sein, doch ich habe es zum ersten Mal seit langem wieder genossen, mich ans Pianoforte zu setzen. Auch wenn ich Fehler gemacht habe, da ich mich kaum noch an die Stücke erinnern konnte. Sie schien es dennoch zu lieben."

„Uns allen fallen unsere eigenen Fehler viel mehr auf als den anderen." Wie viel es ihr bedeutet haben musste, jemanden zu haben, der so bewundernd zu ihr aufsah, jemand, der nichts lieber mochte, als Zeit mit ihr zu verbringen? Vielleicht sollte er nicht ganz so viele Anstrengungen unternehmen, um sie dazu zu bringen, Umgang mit Damen der guten Gesellschaft zu pflegen.

Ihre Stirn runzelte sich. „Es ist nicht nur das. Ich hatte das Gefühl, als würde es dort keinen kümmern, ob ich einen Fehler mache, weil sie mich deshalb nicht weniger mögen würden. Dass sie gar nicht daran dächten, sich über mich lustig zu machen sobald ich ihnen den Rücken kehre." Sie seufzte. „Mit Margaret zu spielen hat sich beinahe angefühlt, als hätte ich eine Schwester." Dann sah sie ihn direkt an. „Ich wünschte, Miss Elizabeth wäre meine Schwester."

Darcy versteifte sich. Ihm war klar, dass sie ihm eine Botschaft übermitteln wollte und nicht nur einen flüchtigen Wunsch äußerte. Sollte er vorgeben, sie nicht zu verstehen, wo sie ihm doch endlich einmal ihre wahren Gefühle mitteilte?

Nein, das Risiko war es nicht wert. „Ich wünschte, das wäre möglich." Und oh, wie sehr er sich danach sehnte, auch um seiner selbst willen! „Auch wenn sie viele gute Eigenschaften besitzt, muss ich eine Frau aus der guten Gesellschaft wählen, mit wesentlich besseren Verbindungen." Und einer großen Mitgift, um Georgianas eigene Mitgift auszugleichen, doch das wollte er nicht sagen.

Ihre Schultern sanken hinab. „Die Damen der höheren Gesellschaft kümmert nur dein Reichtum und dein sozialer Status. Sie geben vor, dich zu mögen und haben dabei nur im Blick, was sie von dir bekommen können, ganz genauso wie *er* mir das vorgespielt hat. Ist es wirklich das, was du möchtest?"

Getroffen sagte er: „Glaubst du, dass Miss Elizabeth da anders ist? Dass sie nicht alle Vorteile schätzen würde, die ich ihr zu bieten hätte?"

„Sie hat sich mit mir angefreundet, als sich keinerlei Vorteil für sie daraus ergab. Und als sie herausfand, dass ich deine Schwester bin, wollte sie sofort weggehen, anstatt mich zu benutzen, um sich an dich heranzumachen. Das ist genau das Gegenteil von den Mädchen, die vorgeben, meine Freundin zu sein, um deine Aufmerksamkeit zu gewinnen. Ich *hasse* sie und ihre falschen Freundschaften."

Er starrte sie verblüfft an. Was konnte er darauf erwidern? So viel wollte bedacht sein, wenn man eine Frau wählte und Elizabeth erfüllte keines seiner Kriterien – weder war sie wohlgeboren, noch hatte sie gute Verbindungen oder eine höhere Erziehung genossen oder war besonders elegant. Jeder würde ihn für einen Narren halten, wenn er sie heiratete. Seine Familie würde sie schneiden.

Außer Georgiana, die in ihr das einzig aufrechte Herz auf der ganzen Welt sah.

Seine Schwester hatte recht. Inwieweit unterschieden sich die jungen Damen auf dem Heiratsmarkt denn von George Wickham, der Georgiana ihres Geldes wegen den Hof gemacht hatte? Auch ihnen ging es um ihre äußere Erscheinung, sie kleideten sich fein, in ihren seidenen Gewändern und Juwelen, wurden mit ihren vielen Talenten vorgeführt und ihnen wurde beigebracht, jenen reichen Männern zu schmeicheln, die sich herabließen, mit ihnen zu tanzen. Wie oft hatte er ältere Männer im Club jammern gehört, dass sie ein hübsches junges Ding geheiratet hatten, das ihr Heim mit schönen musikalischen Darbietungen erfüllen könnte, nur um dann festzustellen, dass es das Üben aufgab, sobald das Ehegelübde gesprochen war?

Elizabeth hatte sich mit ihm gestritten. Sie hatte ihm ins Gesicht gesagt, wie sehr er ihre Schwester verletzt hatte, als er Bingley vor ihr gewarnt hatte. Sie hatte sich nicht um seine gute Meinung von ihr geschert – ganz im Gegenteil! Wenn überhaupt, dann hatte sie ihn lediglich um Georgianas Willen toleriert.

Aber dann war da dieser Kuss unter dem Mistelzweig gewesen. Ihre schönen Augen waren hinterher ganz sanft und dunkel gewesen, die Wangen entzückend gerötet. Gleichgültig war sie bei dem Kuss nicht geblieben.

Der Kuss, denn er seitdem tausend Mal wieder durchlebt hatte, den er immer noch im gesamten Körper spüren konnte wann immer er Elizabeth ansah.

Er nahm einen tiefen Atemzug. „Ich verstehe, was du meinst. Aber bitte führ dir auch vor Augen, dass nicht jeder in der guten Gesellschaft oberflächlich und käuflich ist. Auch dort gibt es gute Menschen. Cousin Richard, zum Beispiel. Er möchte eine reiche Ehefrau, möchte dies allerdings nicht durch Lügen erreichen und er wird einer reichen Erbin ein guter Ehemann sein."

Georgiana wandte das Gesicht ab, als wolle sie aus dem Fenster schauen, ihr Lächeln verschwand, als wäre es nie dagewesen. „Vermutlich."

Verdammt! Warum musste das so schwer sein? Elizabeth schien immer genau zu wissen, was sie zu ihr sagen sollte. Und er wusste es nicht, obwohl er sie schon all die Jahre kannte.

Kapitel 7

I HR EINKAUFSBUMMEL HATTE GUT begonnen.
Elizabeth hatte ihre Kleidung mit Bedacht gewählt,
da sie vermutete, dass die Geschäfte, die sie heute
Nachmittag besuchen würden, doch etwas feiner
wären als die, in denen sie normalerweise einkaufte. Sie
wollte Georgiana nicht beschämen, indem sie wie die
verarmte Verwandte aussah.

Falls es sonst noch jemanden gäbe, von dem sie sich
wünschte, er möge die Verbesserung bemerken, gestand
sie sich das zumindest nicht ein.

Wie sie vermutet hatte, überstiegen die Läden ihre fi-
nanziellen Mittel deutlich, aber trotzdem war es eine
Freude, solch feine Waren zu sehen zu bekommen. Ein
Paar exquisit bestickte Ziegenlederhandschuhe hatten es
ihr ganz besonders angetan, die sie selbst gerne gehabt
hätte. Doch nach dem Preis zu fragen hatte sie nicht

gewagt. Als sie sah, wie Mr. Darcy sie beobachtete, legte sie sie schweren Herzens wieder zurück.

Dann gingen sie zur Hutmacherin. Elizabeth folgte Miss Darcy als das Mädchen abrupt am Eingang stehen blieb und aufkeuchte. Elizabeth reckte den Hals um an ihr vorbei sehen zu können und ihr Blick fiel auf einen allzu bekannten Mann am Tresen. Eine schlichte, jedoch hochwertig gekleidete junge Dame im Alter von etwa siebzehn Jahren klammerte sich an seinen Arm. Wickham lächelte auf sie herab, ein Lächeln, das Elizabeth mittlerweile als einstudierten Charme erkannte.

„Danke, dass Sie mir gestatten, Ihnen den Hut zu kaufen", säuselte er. „Es wird mir so viel Freude bereiten, zu sehen, wie sie ihn tragen, da er Ihrer Schönheit einen Rahmen gibt."

Beinahe dieselben Worte hatte er zu ihr gesagt, als er ihr ein paar Bänder kaufen wollte, ehe sie richtiggestellt hatte, dass sie kein Geschenk von einem Gentleman annehmen konnte. Warum war ihr damals noch nicht bewusst geworden, dass er keinerlei Ehre im Leib hatte? Stattdessen hatte sie sich geschmeichelt gefühlt. Welch eine Närrin sie doch gewesen war!

Oh, aber nun war sie nicht um Worte verlegen! Doch zuerst musste sie Miss Darcy vor ihm beschützen. Das arme Mädchen war aschfahl geworden. Sie lehnte sich vor und wisperte ihr zu: „Sollen wir wieder gehen? Wir können auch in anderen Läden einkaufen."

„Nein", entgegnete diese deutlich, auch wenn ihre Stimme ein wenig zitterte. „Ich mag die Hüte hier."

Wickham wandte sich mit hocherfreuter Miene um. Elizabeth stand noch immer im Schatten des Türrahmens, sodass er sie möglicherweise noch nicht gesehen hatte. „Miss Darcy! Welch überaus angenehme Überraschung. Ich kann Ihnen gar nicht sagen, wie oft ich seit unserer letzten Begegnung an Sie gedacht habe."

Miss Darcy hob das Kinn. „Mr. Wickham, welch eine überaus große Schande, dass ein solch hübsches Gesicht und solch charmante Umgangsformen an einen Mann verschwendet sind, der nicht mehr Ehre im Leib hat als...als ein Schwein im Schweinestall." Es waren die Worte, die sie gemeinsam eingeübt hatten.

Seine schockierte Miene wich schnell einer der betrübten Besorgnis. „Meine liebe Miss Darcy, was ist geschehen? Ich fürchte, Ihr Bruder hat schlecht über mich gesprochen. Er hat mich weggejagt, müssen Sie wissen. Aus eigenem freien Willen hätte ich Sie niemals verlassen. Das müssen Sie wissen."

Das Mädchen schluckte schwer, offensichtlich hatte sie all ihre Kraft aufgebraucht. Elizabeth war nur zu froh, das Ruder zu übernehmen. „Vermutlich haben Sie mich ebenfalls nicht aus eigenem freien Willen verlassen. Nein, Sie haben sich davongemacht, weil Sie wegen ehrlosem Verhalten aus der Miliz geworfen wurden, nachdem Sie die Frau des Colonels belästigt hatten – und auch wegen der enormen Schulden, die sie den örtlichen Kaufleuten hinterlassen haben." Sie wandte sich an den Hutmacher. „Werter Herr, um Ihr Geschäft zu schützen, würde ich Ihnen dringend raten, diesem Herrn keinen Kredit einzuräumen. Jeder Kaufmann in Meryton würde meinen Rat inbrünstig bestätigen."

Nicht, dass sie das hätte hinzufügen müssen, da dieser die Hutschachtel bereits wieder eilig aus Wickhams Reichweite entfernt hatte. Doch es zu sagen hatte ihr immerhin eine gewisse Genugtuung verschafft.

Miss Darcy trat vor und sprach Wickhams Begleitung direkt an: „Wir wurden einander nicht vorgestellt, aber aus weiblicher Solidarität heraus muss ich Sie vor den Schmeicheleien dieses Mannes warnen. Er meint nichts davon wahrhaftig. Er wirkt charmant, und doch kümmert ihn nichts weiter als Ihre Mitgift. Bitte, geben Sie auf sich acht."

Just in diesem Augenblick eilte eine ältere Frau in das Geschäft. „Hier bist du, Sophia! Oh, Mr. Wickham", lächelte sie einfältig, „Sie hatte ich gar nicht gesehen."

Das Mädchen namens Sophia richtete sich gerader auf. „Ich möchte nun gehen, Mama. Ich fürchte, wir wurden arg getäuscht, was Mr. Wickhams Charakter anbelangt." Und damit marschierte sie von ihm davon, ohne sich noch einmal umzudrehen und zur Tür hinaus.

Wickhams Gesicht verzog sich. „Das ist alles Darcys Schuld, verdammt soll er sein!"

Eine tiefe Stimme hinter Elizabeth meldete sich zu Wort: „Ich wünschte, ich könnte die Lorbeeren dafür einstreichen, doch dieser Ruhm gebührt allein den Damen. Sie beide haben eine Medaille für ihre Bemühungen verdient. Schwester, Miss Elizabeth, möchten Sie nun aufbrechen?"

Georgianas Miene nahm einen Ausdruck sturer Entschlossenheit an, der sehr an ihren Bruder erinnerte. „Nein, danke. Ich bin hierhergekommen, um mir Hüte anzusehen und ich werde nicht zulassen, dass *diese Person* mich vertreibt."

„Ich ebenso wenig", sprang Elizabeth ihr bei, auch wenn Wickhams wütender Blick sich in sie bohrte. „Oh, schauen Sie, dieser da drüben, mit den türkisen Bändern! Der würde Ihre Augen wundervoll strahlen lassen."

Der Hutmacher eilte, mit einem kurzen vernichtenden Blick auf Wickham, herüber, um ihnen zu helfen.

Kapitel 8

ALS ELIZABETH INS WOHNZIMMER im Darcy House geführt wurde, befand sich nur Georgiana darin. Sie hätte Erleichterung verspüren sollen, nachdem sie sich zuvor so viele Sorgen darüber gemacht hatte, ob sie bei diesem Besuch wohl auf Mr. Darcy stoßen würde. Warum aber stieg Enttäuschung in ihr auf?

Sie gab ihr Bestes, sie zu verbergen und lächelte warm, als Georgiana sie begrüßte. Schließlich war sie ja auch gekommen, um das Mädchen zu besuchen und nicht ihren stillen, missbilligenden Bruder. Selbst wenn wer zuletzt gar nicht mehr so missbilligend gewirkt hatte.

Eigentlich hatte sie überhaupt nicht im Darcy House vorbeischauen wollen. Mr. Darcy wiederzusehen wäre nicht die beste Idee. Doch das ließ sich nicht vermeiden, nicht, nachdem Georgiana nach dem Aufeinandertreffen mit Mr. Wickham in ihren Armen geweint und ihr die ganze Geschichte über ihr Rendezvous in Ramsgate erzählt hatte. Wenn Elizabeth nun nicht mehr zurückkehrte, würde das Mädchen sich Vorwürfe machen, dass sie ihre Freundin damit zu sehr schockiert hätte.

Außerdem hatte sie eine Nachricht zu überbringen. Und das wäre einfacher, wenn Georgianas Bruder nicht anwesend war.

Nachdem sie sich ein paar Minuten unterhalten hatten, sagte Elizabeth: „Meine Tante hat eine Frage an Sie. Sie ist sich dessen bewusst, dass Sie eine schwere Zeit durchmachen und Gesellschaft möglichst vermeiden möchten und sie möchte Sie nicht unter Druck setzen, etwas zu tun, mit dem Sie sich unwohl fühlen würden. Doch wenn Sie denken, dass Sie es genießen könnten, würde sie Sie sehr gerne zu den Feierlichkeiten zum Dreikönigstag im Kreise der Familie einladen. Es ist beileibe keine formelle Angelegenheit und abgesehen von den beiden Lehrlingen meines Onkels, die hier keine Familie haben, mit der sie die Feiertage verbringen könnten, werden keine anderen Gäste anwesend sein. Alle Kinder werden ebenfalls daran teilnehmen, solange sie eben wach bleiben können, daher wird es zweifellos eine recht alberne Angelegenheit werden, wenn sie überall herumhüpfen." Elizabeth zögerte. „Ich hätte es beinahe nicht erwähnt, da ich mir denken kann, dass Ihr Bruder das für unter Ihrer Würde erachtet, doch für gewöhnlich hat meine Tante einen guten Instinkt und sie meinte, dass wir alle manchmal eine Begebenheit bräuchten, bei der wir wieder wie Kinder spielen können."

„Schließt die Einladung auch meinen Bruder ein?",
erkundigte sich Georgiana schüchtern.

„Wenn Sie es wünschen. Er könnte es jedoch anstrengend finden und nicht die Gesellschaft, die er sonst gewöhnt ist." Sicherlich hatten sie genug gemeinsam durchgestanden, dass sie offen mit dem Mädchen
sprechen konnte. „Es wäre mir nicht recht, wenn er sich
verpflichtet fühlen würde, zu kommen." Sie stellte sich
vor, wie Mr. Darcy sich mit missbilligendem Blick über
der Gesellschaft aufbaute, was das ganze Fest verderben
würde.

„Oh nein, das würde er nicht! Ich hole ihn kurz und
dann können wir ihn fragen", sagte das Mädchen und eilte
aus dem Raum.

Warum hatte sie nicht einfach einen Dienstboten
geschickt, um ihn zu holen? War das nicht deren Aufgabe?

Doch ihr blieb wenig Zeit, sich über dieses myster-
iöse Verhalten Gedanken zu machen, da schon ein paar
Minuten später Mr. Darcy im Türrahmen erschien.

Allein. Ohne Georgiana.

Elizabeths Puls beschleunigte sich. Stieg ihr schon
wieder die Röte in die Wangen und würde sie verraten? Sie
fühlten sich warm an.

Er verbeugte sich und erkundigte sich nach dem Befind-
en der Gardiners. Obwohl sie Kaufleute waren! War es
möglich, dass er es um ihretwillen tat?

„Meine Schwester meinte, Sie möchten mich etwas fragen?", begann er.

„Eigentlich ist es eher eine Einladung. Eine ziemlich unverfrorene Einladung, wenn man es genau nimmt, doch das wird Sie wohl kaum überraschen, da sie von mir kommt." Elizabeth legte den Kopf schief. Wie würde er auf ihr Sticheln reagieren?

„Ich kann mir nicht vorstellen, von irgendetwas, das Sie mir antragen, enttäuscht zu sein, so unverfroren es auch sein mag", sagte er milde.

Nun, dann sollte sie es wohl einfach ausspucken, anstatt darauf zu warten, dass er sich etwas wesentlich Schlimmeres ausmalte. „Meine Tante und mein Onkel feiern den Dreikönigstag im Kreise der Familie und Mrs. Gardiner hat Sie und Ihre Schwester eingeladen, sich uns anzuschließen. Ich denke, sie hatte dabei vor allem Miss Darcy im Sinn, wenngleich Sie mit in die Einladung eingeschlossen sind. Sie hatte gehofft, dass sie das ein wenig aufmuntern könnte. Wir haben jedoch vollstes Verständnis, wenn Sie sich nicht anschließen möchten, wenn man bedenkt, um welche Art von Veranstaltung es sich dabei handelt. Es werden keinerlei Leute aus der höheren Gesellschaft anwesend sein und sehr viele alberne Spiele gespielt werden."

„Wir wären beide hocherfreut, daran teilzunehmen und ich bitte Sie, Mrs. Gardiner meinen Dank zu übermitteln", antwortete er. Und es klang, als meine er es auch so.

Jetzt waren Elizabeths Wangen tatsächlich heiß. „Ich muss Sie warnen, dass Sie es wohl kaum interessant finden werden, Sir. Hierbei handelt es sich im Wesentlichen um eine Feier für die Kinder, zu der Sie besser nicht Ihren besten Zwirn tragen werden, da es beinahe sicher ist, dass jemand etwas verschütten und Ihnen irgendein Kind mit klebrigen Fingern am Bein hängen wird." Eigentlich wäre es besser, wenn er erst gar nicht käme. Auch wenn irgendetwas an der Vorstellung, wie Mr. Darcy ein Kind in den Armen hielt, ihr Herz höher schlagen ließ.

„Ich glaube, mein Kammerdiener wird mit allem umgehen können, was auf uns zukommt", erwiderte er trocken.

Sie versuchte es erneut. „Selbst die Erwachsenen werden mitspielen und alberne Rollen einnahmen."

„Ich bin mit den Traditionen der Feierlichkeiten zum Dreikönigstag vertraut, Miss Elizabeth. Mir wird sogar nachgesagt, ich würde sie mögen."

Sie starrte ihn verdattert an. Eigentlich hatte sie erwartet, dass er froh um eine Ausrede wäre, um der Einladung entkommen zu können. „Auch wenn ich gewisse Bedenken hatte, habe ich Ihre Schwester eingeladen, weil meine Tante mir einen Rat gegeben hat. Sie meinte, es sei gut für ein Mädchen, das schneller erwachsen werden musste als ihm lieb gewesen war, auch einmal wieder ein Kind sein zu können und sei es nur für einen Abend."

Er nickte langsam. „Da könnte etwas dran sein. Es scheint mir, als habe sie an dem einen Tag noch mit Puppen gespielt und war dann am nächsten bereit, mit einem Mann durchzubrennen – als wäre dazwischen nicht wirklich Zeit vergangen."

Durchbrennen? So weit war es gekommen? Das arme Mädchen! „Dem kann ich nur zustimmen. Aber mir ist bewusst, dass Sie die Gesellschaft auf dem Tanz in Meryton mehr als unangenehm fanden, daher frage ich mich, wie wohl Sie sich an einem Tisch mit Lehrlingen und übermüdeten, unruhigen Kindern fühlen würden. Für gewöhnlich wissen meine Cousins und Cousinen sich zu benehmen, doch die Aufregung über die Feiertage könnte zu viel für sie sein."

Er trat einen Schritt auf sie zu und legte seinen Zeigefinger sachte unter ihr Kinn, was sie augenblicklich zu jenem Tag zurückführte, als sie unter dem Mistelzweig gestanden hatten. Ihre Lippen kribbelten bei dem Gedanken daran und es fühlte sich an, als würde sie von innen heraus zu glühen beginnen.

Doch statt sie zu küssen, sagte er: „Sie scheinen eifrig darauf bedacht, mich davon abzuhalten. Wünschen Sie, dass ich mich fernhalte, Miss Elizabeth?"

Ihr Körper war zum Verräter geworden und sie konnte nicht mehr denken. Daher platzte sie heraus: „Nein, aber ich fürchte, dass Sie nicht viel von uns halten würden und das würde mir nicht gefallen."

Ein kleines Lächeln umspielte seine Lippen. „Darüber brauchen Sie sich keine Sorgen zu machen. Ich mag nicht ganz so sehr an Kinder gewöhnt sein wie Sie, aber ich kann Ihnen versichern, dass ich sehr glücklich in dieser Gesellschaft sein werde." Irgendetwas daran, wie er es sagte, der sanfte Ausdruck in seinen dunklen Augen, ließ sie schwer vermuten, dass er nicht von den Kindern sprach.

Die Luft zwischen ihnen schien plötzlich dicker zu werden, was den nächsten Atemzug geradezu anstrengend machte. „Dann werden wir uns freuen, Sie bei uns zu haben, wenn Sie das auch bereuen mögen, wenn Sie meinen Onkel auf allen vieren sehen, wie er das Pferdchen für die Kleinsten gibt."

Sein Lächeln wurde noch breiter. „Das mag vielleicht meine Fähigkeiten übersteigen, aber die Kinder meines Cousins reiten gerne bei mir Huckepack."

Sie konnte nicht anders, sie musste ihn einfach necken. „Dann könnten Sie tatsächlich sehr gefragt sein, Mr. Darcy."

Kaum lauter als ein Flüstern antwortete er: „Das kann ich nur hoffen."

Kapitel 9

ELIZABETH VERSUCHTE GAR NICHT erst mehr, sich davon zu überzeugen, dass ihr Mr. Darcys gute Meinung von sich nicht weiter am Herzen lag. Wie sollte es auch anders sein, nachdem sie in der Nacht davon geträumt hatte, wie Mr. Darcy ihr den Finger unters Kinn gelegt – und es nicht dabei belassen hatte? Ihre Lippen kribbelten immer noch jedes Mal, wenn sie daran dachte.

Doch das hielt sie nicht davon ab, immer lachend abzuwinken, wenn ihre Tante darauf anspielte, dass Mr. Darcy ein *Tendre* für sie haben könnte, als ob allein der Gedanke daran schon lächerlich wäre. Sie hatte immerhin ihren Stolz. Daraus konnte nichts werden und sie wollte von keinem bemitleidet werden, weil sie sich falsche Hoffnungen gemacht hatte.

Dennoch verfolgte sie der Gedanke an den bevorstehenden Abend den gesamten Dreikönigstag über und so war sie froh, als ihre Gäste endlich eintrafen. Ihr Blick wurde sofort von Darcy angezogen. Er war ihrem Rat gefolgt und hatte einfache, wenn auch elegante, Kleidung gewählt und ihr Mund wurde ganz trocken, als sie ihn erblickte. Sie riss ihren Blick los, um Georgiana enthusiastisch zu begrüßen, wenngleich sie nicht viel gegen Margarets Entzücken aufzuwarten hatte, als diese Miss Darcys Eintreffen bemerkte.

Georgiana überreichte dem Mädchen ein dünnes, in Papier eingewickeltes Päckchen. „Ich haben Ihnen ein Dreikönigsgeschenk mitgebracht. Eines Tages könnte es uns beiden vielleicht einmal nützlich werden."

Margarets Augen weiteten sich. „Für mich?" Sie riss das Papier mit mehr Enthusiasmus als Manieren auf, woraufhin ein Notenheft zum Vorschein kam. „Duette? Werden Sie sie mit mir spielen, wenn ich sie dann einmal kann?", fragte sie aufrichtig.

„So hatte ich es geplant", antwortete Georgiana. „Das sind welche, die ich auch gespielt habe, als ich in Ihrem Alter war. Miss Elizabeth, dies ist für Sie."

Es war ein kleineres Päckchen. „Wie lieb von Ihnen!", rief Elizabeth aus, dankbar darum, dass Mrs. Gardiner sie vorgewarnt hatte.

„Ich hoffe, es wird Ihnen gefallen", fügte Georgiana nun schüchtern hinzu.

„Da bin ich mir ganz sicher", sagte Elizabeth warm, als sie es auspackte, ehe sie nach Luft schnappte. Zum Vorschein kamen jene Ziegenlederhandschuhe, die sie in dem Geschäft bewundert hatte, die jedoch viel zu teuer für sie gewesen waren. Ein wahrlich großzügiges Geschenk und ihre Wangen wurden warm, weil sie ganz genau wusste, wer es ausgesucht hatte. Mr. Darcy hatte sie beobachtet, als sie genau diese Handschuhe in der Hand gehalten und liebevoll darüber gestreichelt hatte. „Die sind wunderschön! Vielen Dank. Ich liebe die Stickerei und so ein Muster wie dieses habe ich mir schon immer gewünscht. Ich werde sie in Ehren halten." Darcy anzuschauen wagte sie nicht.

„Ich bin so froh, dass sie Ihnen gefallen", sagte Georgiana. „Sie sind von uns beiden."

Elizabeth stockte der Atem. Auch wenn Handschuhe zu den wenigen Dingen gehörten, die ein alleinstehender Gentleman einer Dame, mit der er nicht verlobt war, schenken konnte, ohne gegen die guten Sitten zu verstoßen, fühlte es sich dennoch intimer an. Die würde sie niemals über ihre Finger streifen können, ohne an ihn zu denken. „Dann danke ich Ihnen beiden! Und ich habe eine Kleinigkeit für Sie, Miss Darcy, wenngleich sie damit niemals mithalten kann." Sie hatte den ganzen Morgen an einer Stickerei gesessen, um sie genau für diesen Fall noch rechtzeitig fertig zu bekommen.

Doch ehe sie das Geschenk noch holen konnte, hatte Margaret schon nach Georgianas Hand gegriffen. „Kommen Sie! Es ist beinahe an der Zeit, dass wir unsere Rollen auslosen!", rief sie.

Mr. Darcy entgegnete ernst: „Das dürfen wir auf keinen Fall verpassen."

Elizabeth atmete erleichtert aus. Vielleicht würde er das hier doch ganz gut bewerkstelligen.

Die Feierlichkeiten der Gardiners zum Dreikönigstag waren doch angenehmer als Darcy erwartet hatte. Sich in Elizabeths Nähe aufzuhalten war, wie immer, Fluch und Segen zugleich. John Carlisle, Mrs. Gardiners Bruder und Darcys Studienkamerad aus Kindertagen, hatte anfangs kurz vorbeigeschaut, nur um ihn wiederzusehen. Wie sich herausstellte, war er noch immer ein ebenso angenehmer wie anregender Gesprächspartner wie früher und er erinnerte ihn an die glücklichen Tage, als Darcys Eltern noch am Leben gewesen waren. Er schlug ein weiteres Treffen vor, um sich in ruhigerer Atmosphäre darüber zu unterhalten, wie es ihnen in der Zwischenzeit ergangen war und dem stimmte Darcy nur zu gern zu.

Die Kinder und auch die Lehrlinge waren in der Tat nicht gerade leise, als sie ihre Rollen spielten. Darcy vermutete, Mrs. Gardiner hatte ihre Finger im Spiel gehabt, als er das Los gezogen hatte, das ihn für diesen Tag zum König erklärte, wenn auch nur, um zu verhindern, dass einem der jüngsten diese Rolle zukäme. Die kleine Margaret war zunächst seine Königin, verließ ihn jedoch schnell, um sich Georgiana zuzuwenden, die ihr eindeutig lieber war.

Nicht, dass es ihm etwas ausgemacht hätte, denn dies bedeutete, dass er sich neben Elizabeth setzen konnte. Da er für diesen Abend der König war, durfte ihm niemand in seiner Wahl widersprechen. Doch nun hatte Margaret Elizabeth zu sich hinüber gerufen und als Königin konnte auch ihr nichts abgeschlagen werden. Darcys Blick folgte ihr, als sie sich ihren Weg durch den vollen Raum bahnte, um zu ihrer kleinen Cousine zu gelangen.

Wie sollte er sie nur jemals vergessen? Es war schon schwer genug, als sie nur eine Bekannte gewesen war und er sich vormachen konnte, das ihn ein näheres Kennenlernen wohl all seiner Illusionen berauben würde. Nun war sie, nach nur wenigen Tagen, nahtlos in sein Leben geglitten als die eine Person, der sich Georgiana hatte öffnen können, die einzige, außer seinem Cousin Richard, die die Wahrheit über das, was in Ramsgate geschehen war, wusste.

Sie wusste nicht nur davon, er vermutete auch, dass sie sogar noch mehr als er selbst über die Geschehnisse dieser Tage erfahren hatte. Nach ihrem Ausflug in die Geschäfte waren Elizabeth und Georgiana für Stunden in ihrem Zimmer verschwunden. Als sie wieder auftauchten, war das Gesicht seiner Schwester tränenüberströmt gewesen, und doch hatte sie erleichtert gewirkt, als wäre ihr eine große Last von den Schultern genommen worden.

Wie könnte er Elizabeth jetzt noch verlassen? Die Pflicht befahl es ihm, doch das wäre, als würde er sich ein Stück seines Herzens herausreißen.

Als sie an seine Seite zurückkehrte, trug sie Margarets Papierkrone, die nicht mehr ganz frisch wirkte und leicht schief auf ihrem Kopf saß und grinste ihn schalkhaft an. „Margaret hat zu meinen Gunsten abgedankt", verkündete sie. „Als Königin verpasst sie all den Spaß daran, die überspitzt gezeichneten Charaktere spielen zu können. Zu langweilig, befand sie, doch offensichtlich ist sie der Meinung, ich hätte nichts gegen ein wenig Langeweile einzuwenden."

„Ich finde Sie alles andere als langweilig." Warum waren seinem Mund diese Worte entkommen? Er wünschte, er könnte Mrs. Gardiners überraschend starken Dreikönigspunsch dafür verantwortlich machen, doch Elizabeths Nähe berauschte ihn weit mehr als jedes alkoholische Getränk.

„Aber, aber, Mr. Darcy! Oder soll ich ‚Eure Majestät' sagen?" Ihre Augen funkelten. „Wenn ich es nicht besser wüsste, könnte ich das beinahe für ein Kompliment halten."

Er sollte nichts darauf erwidern. Wenn er ihr noch mehr Komplimente machte, könnte sie denken, dass er ihr den Hof machen wolle. Und, Gott steh im bei, er war sich nicht mehr sicher, ob er das nicht tatsächlich tun wollte.

Wie war es so weit gekommen?

Irgendetwas musste sie an seiner Miene jedoch bekümmert haben, da ihr Lächeln schwand. „Bitte entschuldigen Sie mich, Sir. Meine Tante ruft mich zu sich. Vermutlich benötigt sie meine Hilfe mit dem kleinen Edward."

Sie wartete keine Antwort ab, sondern lief direkt zu Mrs. Gardiner, die ein erschöpftes Kleinkind an ihre Schulter gedrückt hielt. Nach einer kurzen Unterhaltung nahm Elizabeth ihr den Bub ab und ging ins Vestibül hinaus.

Ohne sich noch einmal nach ihm umzudrehen.

Warum, oh, warum nur hatte ihn seine Zunge genau im falschen Moment im Stich gelassen? Wenn er ihr nur folgen und etwas sagen könnte, irgendetwas, damit es nicht so aussah, als hätte sie ihn beschämt. Dass sie das denken könnte, war beinahe unerträglich für ihn.

Selbst, wenn er zu viel sagen müsste. Zum Teufel mit der Pflicht!

Ihr einfach nachzulaufen wäre mehr als unangebracht, daher entschied er sich für die zweitbeste Lösung und ging auf den anderen kleinen Gardinerbub zu. Charlie, so hieß er. „Möchtest du nochmal Huckepack reiten?", fragte er ihn.

„Oh ja, bitte", quietschte der Junge. „Werden Sie auch traben und wiehern?"

„Ich denke, das schaffe ich." Wenn ihn das hinaus ins Vestibül bringen würde, wo er auf Elizabeth warten konnte, würde er auf allen vieren laufen und bellen. Er beugte sich hinunter, um Charlie auf seinen Rücken klettern zu lassen.

„Hüüüüh, Pferdchen!", rief der Bub.

Darcy begann zu traben, warf seinen Kopf wie ein besonders leidenschaftliches Pferd in den Nacken, was

Charlie einen entzückten Schrei entlockte. Als sie eine Runde durch den Raum machten, schaute Georgiana ihnen mit weiten, aber glücklichen Augen zu. Dachte sie, er habe vergessen, wie man spielt? In den letzten Jahren war er wohl zu ernst geworden.

Zu der übergroßen Freude des Jungen drehte er noch ein paar zusätzliche Runden durch den Raum, ehe er ins Vestibül hinaustrabte. Die meisten der anderen Anwesenden konnten ihn immer noch sehen, doch hier würde er Elizabeth als erster zu Gesicht bekommen, wenn sie die Treppen hinab kam. Er unterhielt den Jungen mit einer Reihe an Wieherern und Schnauben und tat so, als wolle er ihn abwerfen.

Schließlich kam sie auf sie zu, die Augenbrauen beim Anblick seines lebhaften Spiels zart erhoben. Aber ein kleines Lächeln tanzte auf ihren Lippen und das war all dies wert.

Darcy gestand dem Jungen eine letzte Runde im Trab zu, ehe er ihn wieder auf den Boden hinab ließ. „Gut geritten", lobte er. „Aber dein Ross wird müde und deine Familie erwartet dich bereits."

Die Augen des Jungen leuchteten. „Vielen Dank, Sir!", strahlte er und rannte in die Stube.

Darcy griff die Gelegenheit beim Schopf. „Miss Elizabeth, ich hoffe, Sie vergeben mir dafür, dass ich zuvor keinen Ton herausgebracht habe. Ich fürchte, das hat Ihnen einen falschen Eindruck vermittelt."

Ihr Lächeln wurde breiter. „Keinen Ton herausgebracht?", fragte sie leichthin. „Ich habe niemals jemanden gesehen, der so schockiert darüber wirkte, dass er jemandem ein Kompliment gemacht hat."

„Ich habe einfach keine Worte gefunden, Miss Elizabeth, etwas, das Ihnen nie zu wiederfahren scheint."

„Jetzt rede ich also zu viel?", neckte sie ihn.

Diesmal musste er es besser machen. „Ihre Eloquenz und Ihre Klugheit versetzen mich unentwegt in Erstaunen." Er senkte seine Stimme und lehnte sich mit dem Kopf zu ihr hinüber. „Und das, Miss Elizabeth, ist definitiv ein Kompliment."

Ihr blieb die Luft weg. Sie warf einen raschen Blick nach oben und ihre Wangen röteten sich. Aber sie sagte nichts.

Er folgte ihrem Blick zu dem Mistelzweig, der von der Decke baumelte und sein Herz schlug schneller. „Wir scheinen ein Talent dafür zu haben, nicht wahr?"

Sie legte den Kopf schief. „Vielleicht haben Sie das aber auch so geplant?"

Er schüttelte den Kopf. „Ich wünschte, ich hätte so weit vorausgedacht, doch ich hatte zu viel Spaß, um auch nur auf den Gedanken zu kommen, die Decke zu betrachten. Dennoch muss ich sagen, dass ich dieser Situation durchaus etwas abgewinnen kann."

„Sie gehen ein großes Risiko ein, Sir", wandte Elizabeth in gespieltem Ernst ein. „Vermutlich denken Sie, dass dies nur ein harmloser Mistelzweig aus London ist, doch dem ist nicht so. Er entstammt dem Bündel, das ich auf

Netherfield gesammelt und meiner Tante gegeben habe, ehe wir Longbourn verließen. Sie hatten Glück, seinem Effekt einmal entkommen zu sein, doch man sagt, dass ein zweiter Kuss darunter unmöglich zu vergessen ist und einen für den Rest seiner Tage verfolgen wird."

Als ob ihn der erste Kuss nicht immer noch verfolgen würde! Ganz zu schweigen davon, dass er sich verzweifelt wünschte, sie erneut zu küssen, wie ein Mann, der durch die Wüste wandert und sich nach Wasser sehnt. Aber das konnte er ihr gegenüber nicht äußern, daher sagte er: „Ich dachte, Sie hielten das für ein Ammenmärchen."

Schalkhaft antwortete sie: „Ammen sind ebenfalls weise und mir wäre es nicht recht, wenn Sie gegen Ihren Willen in eine Falle tappen würden." Ein Unterton der Wahrhaftigkeit lag unter ihrem Scherz.

Und es stimmte. Sie wollte ihn nicht hinters Licht führen, um eine Ehe herbeizuführen. Selbst wenn ihre geröteten Wangen und dunklen Augen ihm verrieten, dass ihr Körper sich etwas ganz anderes wünschte.

Georgiana hatte recht gehabt. Elizabeth Bennet war ein seltenes Juwel – eines, das nicht nach den Vorteilen suchte, die er ihr bieten konnte. Er trat ein Stück näher, bis ihr Duft nach Lavendel seine Sinne umnebelte. „Was, wenn es nicht gegen meinen Willen geschähe?"

Ihre Augen weiteten sich. „Das kann ich nur schwer glauben."

Wie konnte sie sich seiner Gefühle immer noch so unsicher sein? Wenn es ihm schon nicht möglich war, es ihr zu sagen, dann könnte er es ihr zeigen. „Glaub es", wisperte er, ehe er seinen Mund auf ihren senkte.

Dieses Mal neigte sie den Kopf nach hinten, um ihm entgegenzukommen und ihre Lippen suchten seine. Ihr Eifer sandte einen Sturm des Verlangens durch ihn hindurch, der nur noch umso stärker wurde, als er ihre berauschende Süße schmeckte. Er schwelgte in ihrer Weichheit und Wärme. Gott, sie war einfach unwiderstehlich!

Dann öffneten sich ihre Lippen unter seinen. Nur ein winziges Bisschen, als wollte sie Luft holen, was sein Verlangen nochmals beflügelte. Sie konnte nicht wissen, was sie da tat. Das sollte er nicht ausnutzen. Wirklich nicht.

Aber irgendwie streifte seine Zunge ihre und bat darum, sich noch weiter zu öffnen. Einen Moment lang zögerte sie. War er zu weit gegangen? Doch dann ließ sie ihn ein, und er verlor sich in ihrer Hitze.

Das Räuspern eines Mannes riss Darcy aus seinem umnebelten Zustand des Verlangens. Elizabeths Hände waren gegen seine Brust gepresst und sie standen viel zu nahe beieinander, als es für einen öffentlichen Kuss unter dem Mistelzweig schicklich gewesen wäre. Gütiger Gott – seine Hand lag auf ihrer Hüfte! Was war denn nur mit ihm los?

Elizabeth Bennet hatte ihn verzaubert. Alles, was er wollte, war sie wieder zu küssen und sich einreden, sie stünden nicht direkt vor einer offenen Tür zu einem Raum voll mit Menschen, noch dazu kleinen Kindern.

Irgendwie, irgendwo schien er noch ein wenig Kraft zu finden, um einen Schritt von ihr weg zu machen.

Ihr Onkel war zwar kleiner als Darcy, dennoch schien er über ihm aufzuragen, die zuvor so leutselige Miene nun ernst. „Entschuldigen Sie die Unterbrechung", sagte Mr. Gardiner kühl, „aber ich muss mit meiner Nichte sprechen."

Elizabeth erstarrte und jegliche Farbe wich ihr aus den Wangen.

Nun übernahm der Instinkt das Ruder und Darcy griff nach ihrer Hand. „Bitte vergeben Sie mir meinen unschicklichen überschwänglichen Enthusiasmus", erwiderte er. „Als Miss Elizabeth und ich uns unter dem Mistelzweig wiederfanden, fragte sie mich zuerst, ob ich ehrliche Absichten hegen würde. Ich versicherte ihr, dass ich dies täte, sofern sie es wünsche. Es geschieht nicht alle Tage, dass ein Mann alles bekommt, was er sich erträumt hat und ich fürchte, das ist mir zu Kopf gestiegen."

Mr. Gardiner musterte ihn sorgsam, ehe sich ein breites Lächeln auf seinem Gesicht ausbreitete. „Tatsächlich? Das kann ich Ihnen vermutlich nicht verübeln. Ich habe schon immer gesagt, dass nur ein außergewöhnlicher Mann Lizzys Herz wird erobern können und wie es scheint, habe ich recht behalten."

„Außergewöhnliches Glück hatte ich jedenfalls", entgegnete Darcy. Und meinte es auch so.

Elizabeth biss sich auf die Lippe. Sie wisperte: „Sie müssen das nicht tun."

Ihn durchströmte so viel Glück, dass alle Sorgen und Ängste wie fortgeblasen waren und er beinahe übermütig wurde. Betont blickte er nach oben. „Oh doch. Es handelt sich immerhin um einen Mistelzweig aus Netherfield. Die Ammen wussten schon, wovon sie sprachen."

Dann kam Georgiana auf sie zu geeilt, schlug die Hände vor dem Körper zusammen und sah ganz aufgeregt aus. „Bruder, ist etwas geschehen?"

In dem Moment wurde ihm klar, dass der gesamte Raum still geworden war und zu ihnen hinüberstarrte.

Ehe er antworten konnte, meinte Elizabeth mit einem Lachen: „Zweifellos haben Sie gesehen, was geschehen ist, doch bevor wir nun weiter sprechen, denke ich, dass es an der Zeit ist, eine gewisse Frage zu stellen – und zu beantworten. Vielleicht mit ein wenig mehr Privatsphäre als uns gegenwärtig zuteilwird."

Mr. Gardiner grinste. „Mein Arbeitszimmer steht euch zur Verfügung." Glücklich rieb er die Hände aneinander. „Wie es sich gehört, da ihr König und Königin dieser Festivitäten seid."

Konnte das wirklich wahr sein und keiner seiner leidenschaftlichen Träume, die ihn des nachts heimsuchten? Darcy folgte Elizabeth in einen gemütlichen Raum, der von Bücherregalen umsäumt und von einem Schreibtisch aus dunklem Holz dominiert wurde. Doch Darcy konnte nur an Elizabeth denken.

Als sie die Tür hinter sich schloss, lag eine gewisse Traurigkeit in ihren Augen. Noch bevor er etwas sagen konnte, kam sie ihm zuvor: „Zuerst muss ich dich eines fragen. Tust du das für deine Schwester?"

Warum stellte sie seine Motive in Frage, anstatt glücklich das beste Angebot anzunehmen, das sie jemals bekommen würde? Weil Elizabeth Bennet sich diesen Regeln niemals unterwerfen würde und das liebte er an ihr. „Nein", entgegnete er heiser. „Wenn du mich fragen würdest, ob Georgiana dich gerne zur Schwester hätte, dann lautet die Antwort ja. Hat sie mir das gesagt? Ebenfalls ja. Würde ich es in Betracht ziehen, eine Frau nur um ihretwillen zu heiraten? Nein."

Sie biss sich auf die Lippe. „Ich habe gesehen, was geschieht, wenn eine Ehe zwischen zwei Leuten eingegangen wird, die darin kurzfristig einen Vorteil sehen und nicht darauf achten, dass ihre Persönlichkeiten zueinander passen. Deine Schwester wird eines Tages heiraten und dein Haus verlassen und du hättest mich dann für den Rest deines Lebens am Hals. Würdest du das wirklich wollen?"

„Mehr als alles andere." Und es war wahr, so wahr. Er sehnte sich danach, sie gleich heute mit sich nach Hause zu nehmen, um sie immer an seiner Seite zu haben. „Ist dir nicht bewusst, dass du mich beinahe seit dem Augenblick, als wir uns kennenlernten, fasziniert hast? Ich konnte die Augen quasi nicht von dir lassen. Ich war froh, Netherfield mit Bingley zu verlassen, da ich wusste, dass ich dir nicht mehr viel länger würde widerstehen können, aber du bist mir in meinen Träumen gefolgt. Ich konnte dich nicht vergessen, nicht einmal für eine einzige Stunde. Und als ich dann das Cottage auf Netherfield betrat und mich fragte, wer dieses Wunder bewirkt hatte, meiner Schwester ihr Lachen wieder zurückzubringen, standest du dort. Da wusste ich, dass ich dich niemals würde vergessen können."

Ihre Wangen wurden tiefrot. „Nun, denn." Was, war die erstaunlich eloquente Elizabeth Bennet gerade tatsächlich um Worte verlegen? „Ich hatte nicht die geringste Ahnung. Ich wusste nur, dass du mich beim Tanz in Meryton für nicht hübsch genug befunden hattest, um mit mir zu tanzen."

Wie hatte er etwas derartiges nur jemals denken können? „An diesem Abend war ich sehr schlechter Stimmung. Sobald ich einmal mit dir gesprochen hatte und wir verbale Kämpfe ausgefochten haben, sah ich das ganz anders."

Ihr Lachen zitterte. „Nun, das wirft das Ganze in ein vollkommen anderes Licht."

„Wirst du mir dann die große Ehre erweisen, meine Frau zu werden?" Er versuchte, all seine Gefühle in seine Stimme zu legen. Er, der immer gedacht hatte, jede Frau wäre überglücklich, seinen Antrag zu bekommen, wusste es nun besser. „Denkst du, du könntest lernen, mich zu mögen? Wenn auch nur ein kleines Bisschen?"

Sie schlug die Augen nieder und sein Herz begann heftig zu klopfen, so sehr fürchtete er, sie könne ihn zurückweisen. Doch stattdessen sagte sie langsam: „Noch vor einem Monat hätte ich das für unmöglich gehalten, als ich noch dachte, du würdest mich nur ansehen, um etwas an mir zu kritisieren und ich dich dafür verantwortlich gemacht habe, Mr. Bingley von meiner Schwester zu trennen. Doch über die zwölf Weihnachtstage hinweg – und auch schon ein paar zuvor – habe ich einen anderen Gentleman zu sehen bekommen als den, den ich bisher kannte." Sie atmete einmal tief durch. „Meine Gefühle haben sich nun geändert und es erfüllt mich mit Stolz, deinen Antrag anzunehmen, in der Hoffnung, dich in Zukunft sogar noch besser kennenzulernen."

Er konnte einfach nicht anders. Ohne noch weiter darüber nachzudenken, zog er sie wieder in seine Arme und labte sich wie ein Verdurstender an ihren Lippen.

Eine Kinderstimme unterbrach sie. „Oh, igitt, Lizzy!"

Darcy sprang zurück. Es war Charlie, der kleine Junge, den er zuvor auf dem Rücken getragen hatte und der offensichtlich kein Gespür für der richtigen Zeitpunkt besaß.

Nun drückte sich das Kind zwischen sie beide und nahm Elizabeth bei der Hand. „Papa sagt, du musst jetzt wieder mit zurück kommen."

Elizabeth lachte schwach. „Lass mich raten. Wir waren zu still."

„Ja, genau das hat er gesagt", stimmte ihr der Junge zu, ohne auch nur einen Anflug von Verlegenheit. „Außerdem ist es Zeit für den Pudding und den willst du doch sicherlich nicht verpassen."

Elizabeth riss dramatisch die Augen auf. „Den Pudding? Selbstverständlich nicht. Wie könnte irgendetwas leckerer als der Pudding sein?", sagte sie und warf Darcy einen verschmitzten Blick zu, der ihm mehr als deutlich verriet, was ihr gerade lieber als das Dreikönigsdessert gewesen wäre.

Epilog

Endlich war der Moment gekommen, nach dem Darcy sich schon so lange gesehnt hatte, dass sie die Kirche verließen und er Elizabeth in seine Kutsche – nein, in *ihre* Kutsche – helfen konnte und mit ihr als Mann und Frau davonfahren konnte. Kein anderer Tag in seinem Leben könnte diesen jemals übertreffen.

Doch noch bevor er seiner Braut auch nur die Hand hinhalten konnte, rannte Georgiana auf sie zu und schlang ihre Arme um Elizabeth. „Ich bin so glücklich, dass du nun wirklich meine Schwester bist! Das ist das schönste und perfekteste Geschenk, das mir jemals gemacht wurde."

„Ich freue mich auch sehr. Aber keine von uns kann auch nur annähernd so zufrieden wie meine Cousine Margaret sein, die ihr Glück kaum fassen kann, dass du nun zur Familie gehörst", scherzte Elizabeth. „Denk nur an all den Unsinn, den ihr miteinander anstellen könnt!"

Zu Darcys Vergnügen quittierte Georgiana dies mit einem Lachen. Seine Schwester hatte an jenem Tag, als sie Wickham in dem Geschäft zur Rede gestellt hatte, einen Wendepunkt erreicht. Seitdem ging es bergauf, die Leichtigkeit war wieder zurückgekehrt und auch das Pianoforte spielte sie nun zu Hause wieder. Überraschenderweise hatte sie ihn sogar nach Netherfield begleitet, als er Elizabeth nach Hertfordshire gefolgt war, obwohl das bedeutete, dass sie sich dort wieder in der Gesellschaft bewegte. Mehr als nur einmal hatte sie sich in ihr Zimmer zurückgezogen, wenn es ihr zu viel geworden war, doch zunehmend hatte sie sich auch der Gesellschaft ausgesetzt. Und sie liebte es, Elizabeth in Longbourn zu besuchen, und fühlte sich sogar in der Schar ihrer lebhaften Schwestern wohl.

Um seiner Schwester willen war Darcy froh, dass er seinem ersten Impuls, Elizabeth auf der Stelle zu heiraten, nach diesem wundervollen Dreikönigstag, nicht nachgegeben hatte. Wäre es nach ihm gegangen, wäre er gleich am nächsten Tag aufgebrochen, um eine Sondergenehmigung zu erstehen. Entsetzt hatte er jedoch feststellen müssen, dass die Gardiners ihm von diesem Vorgehen abrieten. Dringlichst.

Noch entsetzter musste er sich eingestehen, dass sie wohl recht hatten.

Mr. Gardiner hatte gesagt: „Ich kann verstehen, weshalb Sie Ihren zweiten Besuch auf Netherfield geheim gehalten hatten. Aber ich bitte Sie, sich in Mr. Bennet hineinzuversetzen, wenn Sie ihn um seine Zustimmung bitten. Er ist noch immer auf dem Stand, dass Sie Netherfield mit Mr. Bingley in der Absicht verließen, nicht mehr wiederzukehren und dass Lizzy keinerlei Zuneigung für Sie empfindet. Und dann tauchen Sie plötzlich sechs Wochen später auf, um ihn um die Hand seiner Tochter zu bitten. Daraus könnte er ein paar ungute Schlüsse ziehen."

Was vollkommen inakzeptabel wäre. „Was würden Sie stattdessen vorschlagen?"

„Lizzy könnte morgen einen Brief nach Hause schicken, dass Sie Ihnen und Ihrer Schwester in London begegnet ist und Sie beide zu den Dreikönigsfeierlichkeiten eingeladen hat. Nächste Woche schreibt sie ihnen dann von weiteren Begegnungen. Meine Frau kann erwähnen, dass sie einen guten Eindruck von Ihnen gewonnen hat. Wenn Lizzy dann in vierzehn Tagen nach Longbourn zurückkehrt, könnten Sie folgen und ihr öffentlich besondere Beachtung schenken. Danach käme ein Antrag nicht gar so aus heiterem Himmel."

Mrs. Gardiner fügte hinzu: „Ich muss mich auch noch für Lizzy einbringen. Ihre Gefühle für sie scheinen schon eine Zeit zu bestehen, Mr. Darcy, doch meinen Beobachtungen nach hat sich Lizzys Meinung über Sie erst vor etwa zwei Wochen geändert. Ich möchte Sie dringlichst bitten, ihr ein wenig Zeit zu geben, Sie besser kennenzulernen, ehe Sie eine Verlobung verlautbar werden lassen."

Elizabeth meldete sich zu Wort: „Ich kann dir versichern, Tante, dass ich keinerlei Zweifel hege."

„Dann kann es sicherlich keinen Schaden anrichten, wenn ihr noch ein paar Wochen wartet", gab ihr Onkel zurück. „Die Ehe darf nicht leichtfertig eingegangen werden." Gegen dieses Zitat aus der kirchlichen Trauzeremonie selbst konnten sie auch kein besseres Argument mehr vorbringen.

Und doch war es ihm vorgekommen, als dauere jeder Tag dieser sechs Wochen eine halbe Ewigkeit, von den Momenten in Elizabeths Gegenwart abgesehen. Diese waren viel zu schnell vergangen. Dennoch war er froh, gewartet zu haben, da Netherfields Mistelzweig noch ein weiteres Mal seine Magie gewirkt hatte. Schon bald nachdem Bingley einen Kuss von Jane Bennet unter dem Zweig auf Longbourn stibitzt hatte, machte ihn diese zum zweitglücklichsten Mann auf Erden.

Darcy selbst beanspruchte natürlich den Titel des glücklichsten Mannes für sich.

Die Hochzeitszeremonie gemeinsam mit seinem Freund und ihrer Schwester zu teilen, hatte das Ganze zu einem rundum erbaulichen Ereignis gemacht. Mr. und Mrs. Bingley standen noch immer auf den Treppenstufen vor der Kirche, doch sie mussten auch nur ein paar Meilen bis nach Netherfield zurücklegen. Darcy und Elizabeth würden nach London fahren, wo sie einen oder zwei Monate in ihrem frisch verheirateten Glück schwelgen würden, ehe sie nach Pemberley weiterreisten, sobald das Wetter es zuließ.

Wie aufs Stichwort segelten ein paar träge Schneeflocken vom Himmel und landeten auf Elizabeths Hut. Sie streckte ihre freie Hand aus, um ein paar davon mit den bestickten Handschuhen aufzufangen, die er ihr an jenem schicksalhaften Dreikönigstag geschenkt hatte. Dann sah sie mit diesem spitzbübischen Lächeln zu ihm auf, das ihm auch den dunkelsten, wolkenverhangendsten Tag erhellen würde.

„Ich glaube, das ist ein Zeichen, dass wir uns auf den Weg machen sollten ehe es schlimmer wird, meine Liebe", sagte und half ihr die Stufen der Kutsche hinauf. Er hatte Anweisungen gegeben, ihnen warme Ziegelsteine für die Füße und Decken, die sie sich über den Schoß ziehen konnten, vorzubereiten und vermutete, dass sie noch froh darum sein würden.

Oder seine frisch gebackene Braut könnte ihn warmhalten.

Als er hinter ihr einstieg, sagte sie: „Wenn ich dich so breit grinsen gesehen hätte, als wir uns kennenlernten, hätte ich einen ganz anderen Eindruck von dir gehabt!"

Er setzte sich neben sie und legte ihnen die dicken Decken über die Beine. „Dann hätte es Netherfields magischen Mistelzweig also gar nicht gebraucht, damit du mich eines zweiten Blickes würdigst?", neckte er.

„Oder den Ammenmärchen-Mistelzweig", erwiderte sie in gespieltem Ernst.

Er lachte. „Wie dem auch sei – ich beschwere mich nicht, sondern werde auf ewig dankbar dafür sein", sagte er und klopfte mit dem Knauf seines Flanierstocks gegen das Kutschendach.

Als die Kutsche sich schwankend in Bewegung setzte, legte Elizabeth sich den Finger auf die Lippen. „Bleibt die Frage..."

„Welche denn?"

Ihre schönen Augen funkelten. „Bleibt die Frage, ob es sich ebenso magisch anfühlen wird, dich zu küssen, wenn da keiner von Netherfields Mistelzweigen über uns hängt?"

Er legte einen Arm um ihr Schultern und zog sie an sich, froh um den Ehering, der ihm das nun möglich machte. „Nun ja, meine Liebe, aus rein wissenschaftlichen Gründen sollten wir uns vielleicht anschicken, das herauszufinden."

Danksagungen

DIESE NOVELLE HÄTTE ES ohne Christina Huel-sz von *Chris Translates* nicht gegeben, die mich bat, eine von Austen inspirierte, weihnachtliche Kurzgeschichte für einen Sammelband zu verfassen, dessen Erlöse dem *Jane Austen House* anlässlich ihres 250. Geburtstages zugutekommen sollten. Weil ich diesen guten Zweck unterstützen wollte, versprach ich ihr, es zumindest zu versuchen, da ich noch nie eine Weih-nachtsgeschichte geschrieben hatte und Kurzgeschichten im Allgemeinen eine Herausforderung für meine Muse darstellen, die sich lieber in lange, komplizierte Erzählun-gen verstrickt.

Ich hatte bereits die Hälfte davon verfasst, als mir auffiel, dass die Geschichte die von Christie vorgegebene Maxi-mallänge schon um mehr als das Doppelte überschritten hatte. Daher habe ich die ersten paar Szenen gestrichen und ihr ein einfacheres Ende verpasst, um sie dann in die

Welt hinausschicken zu können. Irgendwie bestand der Rest der Geschichte aber darauf, dennoch erzählt zu werden und so kam es dann zu dieser Novelle. Die wesentlich kürzere Variante ist in den „*Christmas Celebrations 2025*" zu finden.

Vielen Dank an meine Betaleserinnen Debbie Fortin, Nicola Geiger und Lori Orcena, die meine Tippfehler und fehlende Wörter entdeckt haben. Meine Kritikpartnerinnen bei *Bluestockings without Borders* halfen mir mit vielen Details und Sarah Shepherd schlug den Originaltitel „*Under the Netherfield Mistletoe*" vor. Vielen Dank dafür!

Weitere Werke von Abigail Reynolds

Auf Deutsch

Verzaubert auf Pemberley

Der Preis des Stolzes

Eine Frage der Ehre

Mr. Darcys Zauber

Die Darcy Brüder

Mr. Darcys Loyalität

Mr. Darcys Reise

Mr. Darcys feine Verwandtschaft

Allein mit Mr. Darcy

Die Darcys von Derbyshire

Die Kraft des Instinkts

Es regnet seine Lauf (Kostenlose Kurzgeschichte)
Mr. Darcys zweite Chance (Kurzgeschichte)

Auf Englisch

Spellbound at Pemberley
The Magic of Pemberley
The Price of Pride
A Matter of Honor
Mr. Darcy's Enchantment
Conceit & Concealment
Mr. Darcy's Journey
Alone with Mr. Darcy
The Darcys of Derbyshire
Mr. Darcy's Noble Connections
To Conquer Mr. Darcy
What Would Mr. Darcy Do?
By Force of Instinct
Mr. Darcy's Undoing
Mr. Fitzwilliam Darcy: The Last Man in the World
The Man Who Loved Pride & Prejudice
Morning Light
Mr. Darcy's Obsession
A Pemberley Medley
Mr. Darcy's Letter
The Darcy Brothers (co-author)
Mr. Darcy and the Enchanted Library (co-author)

Über die Autorin

A BIGAIL REYNOLDS MAG ÄRZTIN und US-Best-sellerautorin sein, kann aber keine gerade Linie mit einem Lineal ziehen. Ursprünglich stammt sie aus Upstate New York, hat Russisch und Theater am Bryn Mawr College und Marinebiologie am Marinebiologischen Labor in Woods Hole studiert. Nach einem kurzen Gastspiel in der Verwaltung der Darstellenden Künste beschloss sie, Medizin zu studieren und hat das Schreiben als Hobby während ihrer Jahre in einer Privatpraxis für sich entdeckt.

Da sie ihr Leben lang die Romane von Jane Austen liebte, hat Abigail 2001 damit begonnen, Variationen von Pride and Prejudice (Stolz & Vorurteil) zu schreiben, um ihr Repertoire dann um einen Romanzirkel zu erweitern, der auf ihrem geliebten Cape Cod spielt. Ihre Bücher sind vielfach preisgekrönt und einige waren US-Bestseller. Ihre neuesten Bücher sind, neben diesem hier, Eine Frage der Ehre, Der Preis des Stolzes, Mr. Mr. Darcys Zauber, Mr.

Darcys Loyalität, Allein mit Mr. Darcy, und Mr. Darcys Reise. Eine Liste ihrer Werke finden Sie auf ihrer Webseite . Bisher wurden ihre Bücher bereits in sieben Sprachen übersetzt.

Sie lebt mit ihrem Ehemann und einer Menagerie von Tieren auf Cape Cod. Zu ihren Hobbies gehören weder schlafen noch putzen.

Besuchen Sie Abigails Webseite unter: www.pemberle yvariations.com